말랑한 슬픔

여는말

너는 반으로 잘린 곰돌이를 입술에 붙인다
네 입술에 달린 슬픔은 말랑하다
말랑말랑한 슬픔이 내 식도로 넘어간다

이제 너의 서툰 슬픔은 내 위장에 있다
숨을 내쉴 때마다 달콤한 슬픔의 냄새가 나고
너는 코를 막는다

너는 또다시 곰돌이 다리를 입술에 붙인다
곰돌이의 몸통이 네 이 사이에서 으깨어지고
더 이상 어느 쪽이 슬픔인지 알 수 없다.

우원과 인아

"경의선 숲길 근처였으면 좋겠는데요."

얼굴 옆선을 따라서 땀방울이 똑 떨어졌다. 손등으로 앞머리를 쓸어 넘겼다. 땀이 흥건했다. 지옥 같은 더위였다. 뉴스에서는 체감 40도가 넘는 더위를 기록한 도시도 있다고 했다.

"하압-"

입을 크게 벌려 숨을 가득 들여 마셨다. 몽글몽글 뭉쳐있는 공기가 버겁게 한 입 들어왔다. 길이 가팔라질수록 앞서 걷는 사내의 걸음이 점점 느려졌다.

"여기가 차가 들어오기가 애매한 곳이어서……. 조금
만 더 가시면 돼요."

사내는 숨을 몰아쉬며 어색하게 웃어보였다. 사내의
오른 편엔 경사를 따라 기울어진 원룸건물들이 보였다.
저 중에 하나일테지, 라는 생각을 끝마치기도 전에 사내
는 한 건물의 현관 비밀번호를 눌렀다. 괜히 멀찍이 서서
사내의 뒷모습을 바라보았다. 사내의 푸른 셔츠는 등이
닿은 면적만큼 색이 짙어져있었다. 다시 한 번 손등으로
이마를 훔쳤다. 사내가 따라 들어오라고 손짓했다.

사내가 익숙하게 집 비밀번호를 눌렀다. 현재 마침 공
실이라고 말하는 그의 뒤로 5평 정도의 좁은 방이 보였
다.

"여기는 세탁기, 냉장고, 에어컨, 옷장, 책상 다 들어가
있는 풀옵션입니다. 한 번 둘러보시죠."

최근에 리모델링을 한 듯 하얀 벽지에 하얀 가구들이
깔끔해 보였다. 하지만 그 좁은 방에 옷장과 책상까지 들
어가 있으니 나 하나 누워있을 자리도 여의치 않았다. 책
상이 꼭 필요하다고는 했지만, 책상에서만 생활할 순 없

었다. 한 눈에 탈락이었지만, 괜히 집안을 둘러보는 척
했다. 남들처럼 물도 한 번 틀어보고 고개를 끄덕였다.
내가 아무 말도 없자 사내는 땀을 닦다 말고 말을 이었
다.

"좀 작죠? 요새 월세고 전세고 집값이 많이 올라
서……."

말을 줄이는 사내를 보며 다시 한 번 방안을 둘러보았
다. 거의 매년을 이사 다녔던 짬으로 볼 때, 중개사들의
패턴은 대부분 비슷했다. 처음엔 중간 정도의 방, 애매한
방을 보여준다. 이 정도면 괜찮기는 한데 마음에 썩 들진
않을 법한. 그 다음에는 '조금 비싸긴 한데'라고 말을 시
작하고는 예산을 초과하는 1집을 보여준다. 그들은 고객
이 그 집에 마음이 빼앗길 것이라는 것을 안다. 조금 더
예산을 들이며 이 정도의 집에서 살 수 있다는 희망을 주
며, 다음으로 다시 절망의 방을 보여줌으로써 고객의 예
산보다 더 높은 집을 구하게 만든다.

"여기가 딱 기본인 집이고요. 다음 집 한 번 보고 비교
해 보세요."

나는 그보다 먼저 현관을 나왔다. 그는 나를 따라 나

오면서 집주인에게 집을 잘 봤다고 전화했다. 통화가 끝난 그는 온 길을 그대로 내려가 작은 경차에 올라탔다. 시동을 벌써 걸어놨는지 차안은 시원했다. 시원한 바람에 땀을 말리며 다음 집에 대한 사내의 설명을 들었다. 실은 듣는 척했지만 눈은 계속 앞유리의 동그랗게 깨진 자국에 머물렀다.

차에서 내리자 바로 경의선 숲길이 보였다.

아, 이곳이구나.

"정말 가깝죠?"

그가 내 기분을 읽은 듯이 씩 웃었다. 그가 가리키는 곳은 3층 정도의 낮은 건물이었다. 1층은 상가였고, 2층이 세가 나온 집이었다. 문을 열자 광활한 거실이 나를 반겼다.

"와."

나도 모르게 나온 감탄사가 사내의 판매 본능을 부추겼다.

"여기가 지금 보시는 예산보다는 조금 높은데, 이 정도 높여서 여기 올 수 있으면 차라리 여기 오는 게 낫죠. 지금 고객님이 보신다고 했던 경의선 숲길도 창문으로 보일

정도로 가깝고, 크기도 널찍하고, 딱이지 않나요?"

　나는 사내의 말에 대답하지 않고 창문으로 다가갔다. 경의선 숲길이 보였다. 마음이 일렁였다. 나는 그냥 고개를 끄덕였다. 나는 그 집에서 물조차 틀어보지 않았다. 텅 빈 방을 보며 큰 집에서 살고 싶다던 네가 생각났다.

　　*

　"중기청은 뭐야?"

　모니터를 빤히 바라보는 네 눈동자가 한 데 잠시 섞였다가 흩어졌다.

　딸깍 소리와 함께 화면이 넘어갔다.

　"중소기업을 다니는 청년을 위한 대출이구나."

　조금도 해당사항이 없는 우리는 또 다른 대출을 검색했다. 보증보험이니 디딤돌 대출이니 세상 남의 이야기 같던 일이 알고 보니 정말 남의 일이었다. 우리는 어떤 자격으로도 대출을 받을 자격이 안 됐다. 나이를 이만큼 먹어서도 우리에게 어떤 자격도 없다는 것이 충격이었다.

　"예술인 전세 대출?"

마우스를 움직이던 네가 말했다.

"너 예술인이야?"

내가 너에게 물었다.

"예술인이지. 너도 아니야?"

"음, 예술인인가?"

우리는 '우리가 예술인인가'하는 단순한 질문에도 머리를 맞대고 고민했다. 그리고 한참 후에야 그 '예술인'도 신청을 통해 주어지는 자격이라는 것을 알게 되었다. 우리는 다시 자신의 존재에 대한 심도 깊은 자문을 하게 되었다. 직장인도, 예술인도 아닌 나는 도대체 무엇인가. 그 질문은 우리의 심연을 끝없이 파고들었다.

하지만 다행히도 어떠한 질문도, 어떠한 심연의 파도도 배고픔을 이길 순 없었다.

계란 노른자를 터뜨려 참기름과 간장을 섞어 밥에 비볐다. 노르스름하게 밥알이 물들었다. 네가 간장을 조금 더 부어야 한다고 잔소리했다. 나는 밥을 두 그릇에 나눈 뒤 네 그릇에만 간장을 조금 더 부어 네게 건넸다. 우리는 말없이 숟가락을 입으로 가져갔다.

"우리도 나중엔 예술인 등록을 할 수 있지 않을까?"

네가 입안 가득 밥을 집어넣고는 사소하게 말했다. 아직도 너의 머릿속엔 정의되지 않은 우리의 존재가 떠다니고 있는 것 같았다.

"그래, 버티는 게 이기는 거라잖아."

"맞아, 버티는 덴 밥 힘이지."

아무런 영양가도 없는 이야기를 나누며 밥을 부지런히 먹고서는 일단 집부터 찾아보기로 했다. 부동산 어플로 몇몇 개의 매물 사진을 보고 몇 번의 하트를 눌렀다. 그리곤 하트수가 제일 많았던 부동산에 전화를 걸었다.

"집을 좀 보려고 하는데요."

무턱대고 건 전화는 부동산의 폭풍 같은 질문으로 이어졌다. 얼마짜리 집을 보는지, 어떤 구조를 원하는지, 어느 정도 채광을 바라는지, 넓이는 몇 평 이상이어야 하는지, 끊임 없는 질문 끝에 우리는 다음에 다시 전화를 걸겠다는 말로 전화를 끊었다.

"집 크기가 넓어야 마음이 넓어진다구."

"참나, 빛이 들어야 사람이 살 수 있지."

집 크기를 우선으로 보는 너와 채광을 우선순위로 보는 나 사이에 협의가 나지 않았다. 그렇게 한참을 실랑이

했지만, 우리에겐 가격 외의 선택권이 없다는 것을 뒤늦게 깨달았다. 크기가 큰 집도, 볕이 잘 드는 집도 우리의 예산으로는 어림도 없었다. 어른이 되는 것은 참으로 어려운 일이야, 하고 이십대 후반의 우리가 말했다.

우리는 빛이 잘 들지 않는 작은 집에서 일 년을 함께 살았다. 함께 산다는 것은 본질적으로 서로의 거리를 인지하는 일이었다. 네가 거기에 있다는 사실이 여기에 있는 나를 의식하게 만들었다. 애초에 그 거리가 우리를 존재하게 했다. 함께 살아감은 너와 내가 다름에서 비롯하여 다르다는 것을 확인하는 과정이었고, 함께 부대껴 살아갈수록 우리가 믿었던 사랑의 모순은 더 또렷해져갔다. 우리가 서로에게 가까워지려고 노력할수록 사랑은 불가능해지기만 했다.

때때로 우리는 늦은 밤 침대에 기대어 사랑을 어떻게 해야 하는 것일까에 대해서 토론하곤 했다. 질문은 사랑을 어떻게 '잘' 할 수 있을까라는 문제로 나아갔고, 꽤나 멋이 들어있던 너는 그건 관념의 세계에서는 답할 수가 없다고 말했다. 모든 '잘'들은 개개인에게 달려있으며, 모든 가능성은 개개인들이 키워 올리는 것이기 때문이라는 게 네 설명이었다.

　나는 너의 말을 되새기면서도 매번 '잘'에 대해서 고민했다. 품안에 고이 품고 온 눅눅해진 붕어빵을 네가 거절했을 때, 이야기 도중에 자꾸만 하품을 할 때, 새로 사준 티셔츠를 절대로 꺼내 입지 않을 때, 나는 때로 서운했다. 서운함을 '알겠어'라고 치환하는 동안 나를 이해하는 사람은 나 밖에 없다는 외로운 사실은 더 선명하고 단단해졌다. 그래도 사랑은 노력이라, 그래도 노력이라, 다시 맘을 잡았다. 나를 사랑하고, 너를 사랑하기 위해서, 완전한 소통대신에 완전한 이해대신에 적합한 '잘'을 찾아내기 위해서.

　네게도 너만의 서운함이 있었다. 내가 접어놓은 책 모퉁이를 펴며 짜증을 참을 때, 밤새 흘러나온 모니터 빛에 잠을 설칠 때, 연습을 마치고 온 너의 눈을 마주치며 인사하지 않을 때, 너는 때때로 혼자보다 더 혼자 같은 기분에 휩싸인다고 했다.

　서로의 다름은 사랑의 영역이었지만, 때로는 우리를 더욱 고독하게 만들었다. 고독은 사랑을 갈망하게 만들었고, 갈망은 더더욱 깊은 결핍의 구멍을 파고 들었다.

겨울에서 여름으로 옮겨갈 동안, 너는 하나의 연극을 했고, 나는 너의 연극을 보러가지 않았다. 그것이 네 사랑의 척도에서 많이 벗어난 것이란 것은 알았지만, 내게 그보다 더 확실한 사랑의 증거는 없었다. 질투가 사랑일 수밖에 없던 시절이었다.

*

오전 내내 책상을 조립하느라 애를 썼다. 우연히 인터넷 서핑 중에 발견한 제품이었다. 나뭇결을 살린 화이트 톤, 내가 갖고 싶어했던 그대로였다. 주문한 책상이 낱개의 나무토막으로 도착해서야 무언가 잘못되었다는 것을 깨달았다.

설명서를 펴고 나무 토막을 가로로, 세로로 배열했다. 낑낑대며 토막과 토막 사이를 붙이고 나사를 끼워넣었다. 이럴 줄 알았으면 설치기사가 오는 제품을 살 걸 그랬다고 후회하면서, 또 후회는 되돌릴 수 없는 것임을 인정하면서 쉼없이 나사를 조였다.

나사를 조이던 손을 멈추고 설명서를 다시 들여다 보

왔다. 가느다란 선으로 그려진 도형들이 흰 종이 위에 빼곡했다. 아무런 설명도 없이 그림만 덩그러니 있는 설명서를 한참이나 들여다 보았다. 남은 나사들을 종이를 따라 배열했다. 정해진 자리가 있는 것들에 대해 부러움이 올라왔다. 더 세게, 더 깊게 조일수록 나사의 결에 따라 구멍이 조금씩 갈렸다. 이제야 이 구멍은 정말로 이 나사만의 자리가 된 것이다.

남은 나사들을 하나하나 구멍에 넣었다. 이것이 온 생의 목표인양 가진 모든 힘을 다해 나사를 조였다. 엄지와 검지 사이가 붉게 달아올랐지만, 그만큼 마음은 고요해졌다. 아무 생각 없이 흘러 정해진 대로의 결말을 맞는 것들이 있다. 눕혀있는 책상 주변에는 고운 나무 가루들이 흩트러져 있었다.

완성된 책상을 창문 앞에 세웠다. 나뭇잎의 그림자들이 책상 위에서 살랑살랑 춤을 췄다. 어느 날의 정원이 떠올랐다.

*

그 해 여름을 떠올리면 한 번도 가본 적이 없는 꽃이 가득 핀 지베르니 정원이 생각났다. 그즘엔 출판사를 다니고 있었다. 둘의 수입이 너무 일정치 않은 것이 첫 번째 이유였지만, 가장 큰 이유는 너와의 미래를 생각했기 때문이었다. 결혼이라는 거창한 단어를 입에 올리진 않았지만, 그런 결정 없이도 우리는 쭉 함께일 거라고 섣부르게 믿었다.

그렇게 시작한 첫 직장은 생각보다 즐거웠고 생각만큼 괴로웠다. 밤낮이 바뀐 나에게 9시에 출근해서 6시에 퇴근하는 삶은 너무 괴로운 일이었다. 평생의 직장으로 생각한 건 아니었지만, 끝이 있다고 해서 힘들지 않은 건 아니었다. 그래도 푸념을 나눌 수 있는 동료가 있다는 것이 월급의 반절정도 매력적인 부분이었다.

비가 올 듯 눅진한 날이었다. 간만에 우리는 동네를 산책하기로 했다. 고작 십 분을 걸었음에도 땀에 흠뻑 젖었다. 더위에 지친 우리는 가장 가까이 보이는 카페의 문을 열었다. 차가운 에어컨 바람이 순식간에 몸을 싸고 돌았다. 우리는 조난에서 구조당한 사람들처럼 카페로 쏟아지듯 들어왔다. 언제나처럼 우리 사이에 아이스 아메리카노가 두 잔 놓여졌다. 습관처럼 빨대로 커피를 휘휘 저으니 얼음들이 달그락 달그락 배열을 맞추었다.

나는 아무 말 없이 핸드폰 하는 너를 바라보다가, 너의 뒤에 걸린 그림으로 시선을 옮겼다. 녹색과 적색이 겹겹이 칠해진 나무들 아래로 연보라 빛의 아이리스가 좁은 길옆을 가득 채우고 있었다. 각각의 색들은 서로의 자리를 침범하지 않고도 정원을 풍성히 만들고 있었다. 섞이지 않아도 아름답구나. '각각'이라는 말을 입 안으로 굴리면서 잘 배열된 너의 눈, 코, 입을 훑어보았다.

"아, 월요일, 출근하기 싫다."

나의 한숨 섞인 목소리에 너는 폰을 내려놓고 나를 바라봤다. 나는 오만상을 찌푸리며 몸을 부르르 떨었다.

"진짜 싫겠다."

"남들처럼 사는 건 너무 힘들다."

너는 그런 내게 동의한다는 듯 고개를 끄덕였다. 나는 빨대를 입에 물고 담배처럼 깊이 커피를 빨아 당겼다. 다량의 카페인이 바로 심장에 꽂히는 기분이었다.

"나 다음 주에 연변에 다녀오려고."

네가 빨대로 아메리카노를 저으며 무심히 말했다. 네

시선은 아메리카노 안에서 덜그덕거리는 얼음에 머무르고 있었다.

"연변?"

"응. 이번에 맡은 배역에 좀 도움될 거 같아서."

너는 아무렇지 않은 표정으로 나를 바라보았다. 네가 아무렇지 않은 척을 하고 있다는 것을 알았다. 너는 좋은 연기자였지만, 때론 그 연기가 더 네 마음을 드러내곤 했다.

너는 우리가 늘 외면하고 있던 문제를 끝내 외면하고 싶어 했다. 그 말을 꺼내는 사람이 지는 것이라고 생각했고, 늘 지는 것은 내 몫이었다.

"돈은?"

"있어."

너는 다시 시선을 커피로 돌렸다. 나는 낮게 깔린 너의 가지런한 속눈썹을 보았다. 길진 않았지만 풍성했고, 그 것이 때로 너를 슬프게 보이게 했다.

"꼭 필요한 일이야?"

너는 아무 말 없이 상처받은 표정으로 나를 바라보았다.

"아니, 우리 사정이 있으니까 그렇지. 월세도 올랐고."

"어쩔 수 없잖아."

너는 정말 남의 일처럼 대답했다. 그래, 남의 일이지. 월세를 충당하는 것도, 그래서 처음으로 월요병을 달고 사는 것도 내 몫이었으니까 말이다. 괜한 억울함이 목 끝에 걸렸다. 내가 원한 일이었지만 그 모든 원망이 대상을 찾자 한 순간에 그 대상에게로 돌진했다.

"아니, 꼭 그렇게 유난을 떨어야 하는 일이냐고."

생각보다 날카롭게 말이 꽂혔다. 너의 속눈썹이 눈 위에 잠시 쏟아져 내렸다. 너의 눈은 막을 내린 무대처럼 다시 걷히지 않을 것만 같았다. 너는 두 손으로 얼굴을 감쌌다. 영영 지속될 것 같은 침묵이 이어졌다. 나는 끝끝내 열지 못할 문을 바라보는 것 같았다. 뱉은 말들을 주워 담고 싶었지만, 너를 향한 원망을 모두 철회하고 싶진 않았다. 왜 항상 내가 가해자의 기분으로 남아야 하는 걸까. 그런 마음이 요동치자 모난 말이 다시 입 밖으로 삐져나왔다.

"아니 유난이라는 게 아니라, 그렇잖아. 지금 상황에서 그렇게까지 하는 건. 그거 안 해도 넌 잘 하잖아. 그게 배우 아니야?"

너는 다시 아무 말 없이 나를 바라보았다. 네게 쏟아진 상처가 가늠되지 않았다.

"그럼 작가는 뭔데?"

네가 자리에서 일어나자 네 몸의 크기만큼 그림이 가려졌다. 어쩌면 내가 볼 수 없는건 너뿐일지도 몰랐다.

"적어도 너는 이해해줘야지."

네가 나지막히 읊조렸다. 일방적인 이해에 대한 억울함을 토해내기도 전에 너는 가게를 나갔다. 네가 사라진 자리에는 온전한 그림만이 남아있었다. 그림의 아래엔 지베르니 정원이라고 작게 적혀 있었다.

우리는 그 날의 대화가 없었던 것처럼 그 이야기만 쏙 빼 채 전처럼 지냈다. 가끔 나는 종종 지베르니 정원을 검색해 보았다. 지베르니 정원의 사진들 속에서 모네의 그림을 발견했다. 그림은 때때로 분홍빛 꽃이었다가 연보라의 꽃이었다가 올린 사람의 필터에 따라 색이 달라졌다. 달라진 색들 사이에서도 그 자리는 여전히 유효했다.

너는 예정대로 떠났다. 네가 떠난 날 밤 잘 도착했냐는 문자를 썼다 지웠다. 너 역시 아무런 연락이 없었다. 눈에 띄지 않는 사랑을 사랑이라고 증명할 수 있는 방법은 어디에도 없었다. 누구든 눈앞에 당장에 나타나는 것들이 가장 진실이라고 생각했고, 증명하지 못한다면 그것은 진실이 아니라고 이야기했다. 증명, 나는 네가 돌아올 때까지도 내 사랑을 증명할 아무 단어도 찾지 못했다.

연변에서 돌아온 너는 한 차례 죽었던 사람 같았다. 모든 것을 태우고 남은 폐허가 된 땅을 딛고 새로운 작물을 키울 준비가 된 사람. 모든 과거들은 어딘가에 묻고 온 사람. 돌아온 날, 네게서 희미하게 죽음의 냄새가 났다.

너는 네가 맡은 인물의 묘지에 다녀왔다고 했다. 그 묘지는 남루했다. 바로 옆 시인의 묘지는 깨끗하게 정돈되어 있음에도 불구하고, 네가 맡은 인물의 묘지는 오랜 시간 풀조차 베어지지 않았다. 너는 그 묘지 앞에서 그의 영혼과 함께 고립됨을 느꼈다. 너는 무덤가에 핀 잡초를 뽑으면서 어쩌면 자신은 자신에게서 도망쳤던 것인지도 모른다고 생각했다. 그 도망은 결국 자신의 심연으로 이어져 있었고, 너는 결국 닿을 수 있는 것은 자신의 내부일 뿐이라는 절망만을 깨달았다. 너는 처음 겪는 절망의 경험에 기도를 시작했다. 하지만 기도가 쌓일수록 아무것도 자신을 구원할 수 없다는 것만 매일만큼 명징해졌다. 의욕은 깊은 굴속으로 숨어버리고 기도는 누구에게도 닿지 않았다. 신의 존재를 믿지 않으면서 올리는 기도는 얼마나 힘이 있는 걸까. 불신에 대한 신의는 하루씩 깊어져만 갔고, 도착지가 없는 기도는 아무것도 이루지 못했다. 애초에 이루고 싶었던 것이 있었던가. 너는 최초의 목적을 잊었다. 너는 그곳을 떠날 때까지 아무에게나 닿길 바라는, 그러나 아무에게도 닿을 수 없는 그런 기도를 매일 반복했다.

돌아오는 날 아침 너는 호텔에서 거울을 바라보았다. 너는 네가 너라는 사실이 어색하게 느껴졌다. 모든 것이 변해 버렸다. 너는 그렇게 생각했다. 너는 더 이상 그 전의 삶으로 돌아가지 못할 것이라는 것을 어렴풋이 느꼈다.

너의 1차적 죽음은 다시 원래의 자리에 돌아옴으로써 완성되었다. 폐허를 다시 딛으면서 너는 이미 다 타버린 재 같은 것들을 직시한 것 같았다. 그리고 네가 태운 재 중에는 나도 있었다. 나는 짙어져가는 네 담배 냄새를 느끼며 모든 것들이 다 타버리고 있다고, 혹은 정말 다 태워

저 버렸다고 느꼈다. 하지만 네게는 아무 말도 할 수 없었다. 명확히 증명해주기 전까진 우리의 시간이 끝났다는 것을 인정할 수 없었다.

네가 영화를 찍으러 전주로 가던 날, 나는 출판사를 그만두었다. 나는 네가 돌아오지 않을 것이란 것을 알았다. 결별의 인사는 생략했다. 우리는 그저 서로를 품에 한 번 안았다. 아무도 결별이라고 믿지 않았지만, 이것이 마지막임을 알고 있었다.

캐리어를 끌고 나가는 너를 창문으로 내려다보며 길가로 푸르게 돋아있는 나뭇가지들을 보았다. 나의 폐허는 자꾸만 말라만 가는데 너의 폐허는 새로운 시작을 준비하고 있었다.

그렇게 빈사랑 한 가운데 홀로 남았다. 공백 속에 불어나는 자신만이 가득했다. 왜 미련은 한쪽에만 남ㅣ는 것일까. 같이 나누었던 순간들은 왜 반쪽으로만 남아버리는 걸까. 더 이상 아무것도 아니게 된 자신과 길을 잃은 마음을 안고 갈 수 있는 곳은 어디일까. 오랜 시간을 배회했지만 나는 답을 찾지 못했다.

너는 헤어짐을 동력으로 삼은 마냥 무럭무럭 자라 충

무로의 떠오르는 아이콘이 되었다. 너는 나를 떠나자마자 우리가 한 때 함께 바라던 예술인, 그 이상이 된 것이다. 때론 더 나은 작물을 키우기 위해 밭을 통째로 태우기도 한다. 태우고 나서야 가능해지는 것들이 있었고, 너의 인생이 그랬다. 나를 태우고 나서야 너는 네가 원하는 대로 걸어가기 시작했다.

너와 같은 시간을 보낸 나는 여전히 아무도 알아주지 않는 글을 썼다. 내가 몇 권의 책을 내도 너는 알 수 없었다. 그렇게 실패를 거듭하며 깨달았다. 무조건 버티는 것이 승자가 아니었다. 버티는 것이 승자라고 알려주었던 모든 스승과 선배가 원망됐다. 나는 버티는 것이 승리라는 말을 너무나도 믿었다. 나는 드디어 내 재능 없음을 인정하게 되었다. 애매한 재능은 저주라는 말을 이해했고, 이제야 내 절망적인 미래를 예측했다.

나에게 남은 선택지는 학위를 따고, 나 같은 학생들을 길러내는 것뿐이 없었다. 너네는 될 거라고, 버티면 미래는 다를 거라고 그런 호언장담을 하며, 거짓을 너무나도 빤히 알면서도 말하는 선생이 되는 것이 나의 최선의 미래임을 알았다.

*

창문을 열자 경의선 숲길이 보였다. 열린 창으로 해가 쨍하니 방을 비추었다. 바닥에는 물건을 다 토해낸 빈 박스들이 어지럽게 널려 있었다.

"하, 이건 다 언제 정리할까아."

노래곡조를 붙여 혼잣말을 내뱉었다. 빈 방에 내 목소리만 머물렀다. 박스와 물건들 사이를 비집고 들어가 대자로 누웠다. 아무 노래나 흥얼거렸다. 조금도 신나지 않았다. 아무렇게나 쌓아올려진 책들이 팔꿈치에 부딪쳐 쏟아졌다. 쓰러진 책들 옆에서 어디선가 반사된 빛이 천장에 아른거리는 것을 바라보다 잠깐 잠이 들었다. 꿈에서 부서진 음표들을 밟고 피투성이가 된 발로 춤을 추었다. 찰박찰박, 피투성이의 발이 움직일 때마다 경쾌한 소리가 났다. 움직일수록 바닥은 더 붉게 물들었고, 나는 춤을 멈출 수가 없었다.

피로 이어진 길을 통과하고 남은 고통의 발판을 이미 피투성이가 된 발로 잘근 잘근 밟으며 지난다. 발바닥이 깊게 파일수록 고통은 무뎌져 가고 새로 태어난 고통들이 한겹 한겹 발바닥을 메운다. 그렇게 춤은 끝나고, 먼 길을 돌아온 걸음도 원래의 자리에 도착한다.

잠에서 깼을 때는 이미 하늘이 어둑해지고 있었다.

*

네 무대 인사를 보러간 적이 있었다. 아주 뒷자리를 겨우 예매했다. 그 좌석에 앉아 무대 위의 너를 바라보며 그 거리가 우리의 관계라는 것을 인정할 수밖에 없었다. 더 이상 내 맘의 크기와 네 마음의 크기를 견주지 않아도 됐다. 기대 없는 사랑, 그렇게 나는 나의 사랑이 팬심으로 변화하는 과정을 목도해야했고, 그것은 어쩌면 내 생에 가장 큰 지진이었을지도 몰랐다.

"영화 잘 봐주시고요."

너의 목소리가 마이크를 타고 영화관을 울렸다. 옆자리 소녀도 너를 보러 온 건지 네 목소리가 끊길 때마다 비명을 질렀다. 그 소녀 때문에 네가 이 쪽에 잠시라도 눈길을 줄까봐 걱정되었다. 네 팬이 되었음을 스스로 인정한 것과 별개로 네게 들키고 싶진 않았다. 다행히 네 시선은 이쪽에 머물지 않고 너는 떠났다. 불이 꺼지고 영화가 시작되었다.

영화에서 너는 범죄자였다. 사랑하는 여자를 지키려다 사람을 죽였다. 감옥에 가면 그녀를 만날 수 없다며 계속 도망 다녔다. 도망 다니는 틈틈에 사랑하는 그녀를 찾아 왔고, 결국 그녀를 만나는 바람에 자신의 위치를 들키게 된다. 경찰을 발견한 네가 뛰었고, 경찰이 너를 쫓았다. 숨을 헐떡이는 네가 옥상과 옥상 사이를 뛰어 넘었다. 네가 녹색 페인트칠된 옥상에서 굴렀다. 옥상을 구르면서 흙진 네 얼굴을 보며 분장임을 알면서도 눈물이 났다. 추격전에 훌쩍이는 나를 옆자리 소녀가 이상하게 쳐다보았다.

네가 없었으면 공허했다는 대사를 끝으로 너는 옥상에서 떨어져 죽었다. 죽어도 감기지 않던 너의 눈동자를 끝으로 화면이 어두워졌다. 음악이 이어졌다. 감독의 이름이 검은 화면에 나타났다 사라졌다. 너의 이름도 나타났다 사라졌다. 다른 배우들의 이름이 차례로 나타났다가 사라졌다. 음악이 바뀌고 작은 글씨로 많은 사람들의

역할과 이름이 올라갔다.

영화관의 모든 불이 밝아질 때까지 자리에 앉아 있었다. 두어 명 남았던 사람들도 자리에서 일어났다. 직원이 문을 열고 기다리고 있었다. 나도 가방을 챙겼다.

그날도 나는 혼자 경의선 숲길을 걸었다. 나의 과거에 네가 있었을까. 나조차 믿어주지 않는 기억은 환상과 다를 바 없었다. 받은 마음은 어떻게든 기어코 흔적을 남기고야 말지만, 남는 자에게 그 흔적만큼 절실한 건 없었다. 돌이킬 수 있는 경우의 수는 몇이나 되는 걸까.

어쩌면 내게 유일하게 허락된 너의 순간은 네 클라이막스를 장식하기 위한 빌드업의 구간일지도 몰랐다. 그 싱거운 시간들이 지금의 너를 더 돋보이게 한다면 그것도 나쁘지 않았다. 아니, 나쁘지 않았다고 생각하고 싶었다.

숲길 사이에 놓인 벤치에 드러누웠다. 조금은 쌀쌀해진 밤공기를 들이마셨다. 너 없는 여름이 또 한 번 더 가고 있었다. 이제는 너무나도 익숙한.

저무는 하늘을 바라보았다. 죽어서까지 감기지 못하던 네 눈을 생각했다. 주변의 전등 빛이 하나 둘 하늘에 번졌다. 눈을 감으니 빛의 잔상이 보였다. 마지막 네 눈에 남았을 잔상이 궁금했다.

        *

  경의선 숲길에서 갈색의 복슬복슬한 강아지를 끌고 나온 너를 마주쳤다. 얼굴의 반을 마스크로 가렸다고 해도 못 알아볼 수 없었다. 나는 너를 못 알아볼 수 없는 사람이었다. 너는 나를 의아하게 바라보다가, 조금은 생각에 잠기다가, 결국은 나를 알아냈다. 그 시간이 억만 겁 같았지만 네가 나를 알아봤다는 사실이 내겐 가장 중요했다.

  "오랜만이네."

  너의 목소리가 오래된 내 모든 시간들을 진동시켰다.

  "어, 잘 지냈어?"

  마음과 다르게 평범한 인사를 주고받았다. 나는 매번 머릿속으로 돌려왔던 상황을 생각하며 떨리는 목소리로, 하지만 티내지 않으려고 노력하며, 네게 커피한 잔 하자고 제안했다. 다행히 너는 자주 가는 카페가 있다고 앞장섰다.

  카페 테라스에 덩그러니 놓인 하나의 테이블과 두 개의 의

자를 보며 너는 여기에 앉자고 이야기했다.

"아이스 아메리카노?"

네가 익숙하게 물었다. 고개를 끄덕이면서도 네가 물었을 법한 수많은 사람들을 생각했다. 너는 자리에 너의 개를 묶어두고 주문하러 갔다. 너의 개는 나를 빤히 쳐다봤고, 나도 너의 개를 빤히 쳐다봤다. 내가 모르는 너의 시간을 알고 있는 개, 그것만으로도 나의 질투의 대상이 될지도 몰랐다.

너는 두 손에 아이스 아메리카노를 들고 나타났다. 한 잔을 내 앞에 내려주며 예와 같은 미소를 보였다.

이제 되돌릴 수 없는 것들 앞에서, 그리고 이렇게 달라질 줄 몰랐던 미래에서, 그나마 그 시간들을 존재하게 하는 것은 이런 사소한 것들이었다. 여전한 웃음으로 다시끔 그 시간에 머물게 만드는 건 너무나도 반칙이라고 생각했지만 벗어날 순 없었다.

곧 휘발되어 버릴 지금 이 순간만이 내가 단순히 너의 팬이 아니라 지나간 사랑이었다는 것을 증명해주는 유일하게 남은 진실이었다.

"미안. 개가 있어서 테라스에 밖에 못 있네. 많이 덥지?"

너는 내 어설픈 기대를 알아채기라도 한 듯이 다시 예를 차린 말로 거리를 벌렸다.

"아냐, 이정도야 뭐,"

너는 빨대를 휘저어 커피와 물을 섞었다. 달그락 거리는 소리가 둘의 사이에 메워졌다.

"잘 지냈어?"

네 시선이 내게 머물렀다.

"응. 잘 지내 보이더라, 넌."

"하하, 그렇지. 뭐."

여전한 웃음과 여전하게 섞이는 얼음의 소리에도 더이상 여전한 분위기는 머물지 않았다. 순간의 침묵이 너를 일어나게 만들까봐 초조했다. 너를 마주하면서 한 번도 느껴본 적이 없었던 느낌이었다.

"이름이 뭐야?"

"어?"

"개 이름"

"아, 복이."

"복이, 귀여운 이름이네."

복이라고 발음하자 자신의 이름을 알아들은 듯 개가 나를 쳐다봤다. 까만 눈동자와 시선이 섞였다. 나는 복이의 머리에 손을 뻗었지만 복이는 고개를 돌려 내 손을 피했다. 나는 민망해진 손을 거두었다.

어색해하던 네가 손목시계를 봤다. 나도 손목시계를 내려다 봤다. 더이상 네게 건넬 말이 없었다. 너는 멋쩍은 웃음을 하며 이제 가야겠다고 말했다. 그 말을 알아들었는지 복이가 낑낑댔다. 나는 복이를 한 번 내려다보았다. 작별 인사를 하고 싶었지만 복이는 나를 다시 보지 않았다.

네 뒷모습을 바라보다 언젠가 보여졌을 내 뒷모습에 대해 생각했다. 언젠가 네가 그런 말을 한 적이 있었다. 자다 깨서 책상 앞에 앉은 내 등을 보고 있자면 떠나가는 사람처럼 느껴진다고. 어떤 기분들은 시간이 한참 흘러야 이해하게 되는 건지도 모른다.

울컥울컥 차오르는 순간들을 사랑하는 것은 아름다운 것들을 사랑해서일 테지. 방향을 잃은 마음들이 내 안에서 녹아내리고 있었다.

너의 뒷모습이 사라져간다.

총총 따라가는 복이의 꼬리도 점점 형태를 잃어간다.

나는 서 있다. 여전히 도착지를 알지 못한 채로.

왓어배드데이

    그가 오지 않았다.

    두 번째 커피를 시켰다. 진동 벨과 바꿔온 커피에서는 하얀 김이 올라왔다. 커피 잔 위에 손바닥을 올리자 금세 손바닥이 축축해졌다. 물기 어린 손을 내려다보다가 양손을 비벼 물기를 닦아냈다. 카페에선 캐롤이 흘러나오고 있었다. 지금쯤 어디에서든 다 캐롤이 흘러나오고 있겠지. 캐롤에 걸맞게 카페 한 귀퉁이에는 작은 크리스마스 트리가 자리하고 있었다. 트리 크기에 비해 큰 공들이 색색이 달려있었고, 그 주위로 작은 불빛들이 켜졌다 꺼졌다를 반복하고 있었다.

내가 어디에서 왔는지도, 어떤 말을 쓰는지도 전혀 유추할 수 없는 곳, 우리에겐 그런 곳이 필요했다. 뉴욕에서 만나자, 그런 로맨틱한 제안을 한 것은 그였다. 엄청난 인파 속에서 아무도 아닌 행인이 되어 우리가 어기고 있는 모든 것들을 잊고 거리를 걷자던 그의 말은 당장 비행기 표를 끊기에 충분했다.

유부남은 군대 간 애인 같은 거야. 절대 전역할 일 없는 군인. 그것도 장교 뭐 그런 것도 아닌 이등병. 그런데도 만날 거야? 네 거도 아닌데?

내가 처음 그에 대해 이야기했을 때 윤옥은 말투와는 달리 비난이라곤 전혀 없는 표정으로 질문했다. 내가 내 거도 아닌 그를 내가 만나는 이유는 너무 단순했다. 적당히 근육이 붙은 팔, 광대 없이 매끄럽게 떨어지는 얼굴선, 눈썹을 덮는 흑발의 머리, 그의 외모는 완벽히도 내가 좋아하는 그대로였기 때문이었다.

내가 아무 대답도 하지 않자, 윤옥은 아랫입술을 내밀며 어깨를 으쓱 올렸다.

그럴 수도 있지.

윤옥은 더 이상 이야기를 잇지 않았다. 윤옥을 볼 때면 내가 어렵게 이야기하고자 했던 것들이 하나도 중요하지 않게 여겨졌다. 내가 굳이 이 이야기를 지금 그녀에게 해야 할 필요가 있나, 그게 그렇게 중요한 문제였던가. 그래, 그럴 수도 있지, 그녀의 한마디면 모든 게 별 거 아닌 것이 되었다. 윤옥의 카메라가 내 쪽으로 향했다. 찰칵 소리와 함께 잠깐 눈이 부셨다. 렌즈에 한쪽 눈을 가져다 댄 윤옥의 얼굴은 어그러져 있었다.

코리안?

고개를 들어보니 한 여자가 나를 빤히 내려다보고 있었다. 태닝샵에서 적당히 구운 것 같은 윤기 나는 갈색 피부에 가슴께까지 오는 금발과 흑발이 섞인 구불구불한 머리카락, 짙은 까만색 아이라이너와 바짝 올린 속눈썹, 갈매기의 날개처럼 가파르게 꺾인 눈썹과 그와 대비되는 동그랗게 마무리되는 콧방울, 머릿속에서 전형적으로 떠오르는 재미교포의 얼굴이었다.

예스, 코리안.

나의 대답에 그녀의 표정이 밝아졌다.

나는 쏘냐예요.

그녀가 서투른 발음으로 자신의 이름을 말했다. 나는 그녀가 왜 나에게 갑자기 찾아왔는지 예상할 수 없었다. 미국에도 사이비 종교가 있는 것일까, 그런 생각을 하며 그녀의 발음만큼 서투르게 웃음을 내보였다.

나의 뜻과는 상관없이 쏘냐는 내 앞자리에 앉았다. 어깨부터 목까지 잔뜩 경직되어 있는 내게 쏘냐는 대뜸 부탁이 있다고 이야기했다. 나는 이런 것이 미국의 문화인 건지, 내가 이상한 사람을 만난 것인지 가늠할 수가 없었다. 나는 당황한 티를 최대한 내지 않으려고 미소를 머금었다.

왓?

쏘냐는 내 대답을 긍정이라고 받아들였는지 박수를 한 번 짝 치고는 가방 속에서 책을 꺼냈다. 책 표지에는 '한국어 첫걸음'이라는 제목이 적혀 있었다. 나는 쏘냐와 책을 번갈아 쳐다보았다. 쏘냐는 자신이 반쪽 코리안이라고 말하며, 한국에 놀러가려고 한국어를 배우는 중이라고 말했다.

어떤 신종 사기일까 생각하며 쏘냐를 바라보았다. 쏘냐의 검은 눈동자가 나를 똑바로 마주하고 있었다. 이 눈을 어디서 본 적이 있었던가. 내가 시선을 피하자 쏘냐는 시간이 되면 몇 문제만 알려달라고 부탁했다. 쏘냐의 목소리 뒤로 커피 가는 소리가 시끄럽게 들렸다. 사람이 많은 한낮의 카페는 언제든지 도움을 청할 수 있는 장소였다. 그 사실이 나를 조금 안심시켰다.

내가 분위기를 살피자 쏘냐는 자신의 신분증을 꺼내 내밀었다. 신분증 속에는 새빨간 입술의 그녀가 허공을 향해 웃음 짓고 있었다. 붉은 입술 사이에 드러난 가지런한 치아에 눈이 머물렀다. 쏘냐는 자신은 이상한 사람이 아니라며 신분증을 다시 집어넣었다. 나를 향해 치아를 드러내며 웃는 그녀를 보면서, 어차피 비어버린 시간을 잠시 이렇게 보내도 좋겠다는 생각이 들었다.

오케이.

나는 최대한 여유로운 표정을 가장하며 대답했다. 쏘냐는 기다렸다는 듯 책을 펼쳤다. 내 손톱의 두 배정도로 긴 쏘냐의 손톱이 그림을 하나하나 가리켰다. 그림을 보고 쏘냐는 한국어로 간단한 문장을 만들었고, 내가 그 문장을 고쳐주면 쏘냐는 다시 그 문장을 따라 말했다. 쏘냐의 손톱이 관람차 그림 위에서 한동안 머물렀다. 쏘냐는 제자리라는 말만 더듬더듬 반복했다. 나는 쏘냐가 하고 싶은 말을 유추하지 못해 쏘냐의 다음 말을 기다렸지만, 쏘냐는 문장을 잇지 못 했다. 제자리, 제자리, 반복되는 문장이 내게 거는 주문처럼 들렸다.

쏘냐는 잠시 쉬어야겠다며 화장실을 다녀왔다. 화장실을 다녀온 쏘냐에게 내가 한국인인 것을 어떻게 알았느냐고 물었다. 쏘냐는 망설임 없이 내 가방에 달린 열쇠고리를 가리켰다. 케이팝에 나름의 자부심을 가지고 있던 윤옥이 어느 날 선물해준 열쇠고리였다. 한 아이돌 그룹의 굿즈였는데, 옅은 보라색에 선이 그어진 다각형의 심볼이 그려져 있었다.

이 아이돌은 꼭 성공할거라며 호언장담한 윤옥의 기세에 맞게 그들은 세계 음원차트에 이름을 올리고 두유노 김치에 이어 두유노의 명단에도 올랐다. 당연히 한국에 조금이라도 관심이 있다면 이 로고를 모를 리가 없었다. 나는 쏘냐에게 그들의 팬이 아니라고 해명하려다가 괜히 멋쩍어 열쇠고리만 만지작거렸다. 내가 부끄러워한다고 생각했는지 쏘냐가 큰 소리로 웃으며 괜찮다고 이야기했다.

나는 쏘냐의 무해한 웃음이 윤옥을 닮았다고 생각했다. 무엇이든 그녀에겐 문제가 안 되는 듯한 태도도 윤옥을 닮았지만, 왠지 내 고민을 무색하게 만드는 그녀의 웃음이 더 낯익게 느껴졌다. 생판 모르는 타인에게서 친밀함을 느끼자, 내가 얼마나 무모하게 굴고 있는가가 새삼 느껴졌다. 가슴이 빠르게 뛰기 시작했다. 알 수 없는 설렘이었다.

좋아해?

쏘냐가 문장을 만들다 말고 관람차 그림을 가리켰다.

*

그와 놀이공원에 간 적이 있었다. 놀이기구를 무서워해서 놀이동산을 좋아하지 않았지만, 그와는 어떻게든 놀이공원에 가고 싶었다. 그와 동물 머리띠를 나눠끼우고 남들처럼 평범한 데이트를 즐기고 싶었다. 길에서 벗어났다고 느낄수록 뻔한 것에 더 집착하는 법이었다. 어렵다는 그를 몇 번이나 졸라 반차를 내고 놀이동산에 가기로 약속했다.

오전 업무를 어떻게 마쳤는지 모를 만큼 정신이 팔려 있었다. 점심시간 내내 날씨가 좋다는 말을 하는 내게 팀장님이 오늘 어디 놀러라도 가냐고 물었다. 평소 같으면 웃고 말았을 질문이었는데, 오늘 따라 말하고 싶어 입이 근질거렸다. 괜히 날씨도 좋은데 병원이나 가야하는 게 억울하다며 애써 얼굴을 찡그렸다.

일이 마치자마자 집으로 뛰어갔다. 평소에 과해서 입지 못 했던 프릴이 달린 셔츠를 꺼내 입고, 그에 맞춰 베이지색 짧은 치마와 함께 높지 않은 구두를 신었다. 이번에는 그와 사진을 남길 거라고 다짐했다. 그는 도통 함께 사진을 찍어주지 않았다. 그가 그러는 이유는 알았지만, 내심 철저한 그에게 서운하기도 했다. 그렇게 조금도 자신에게 나의 흔적을, 내게 자신의 흔적을 남기지 않고자 하는 그가 때로는 무정해 보였다. 정말 별 거 아닌데. 거울을 보며 풍성한 프릴을 정리했다.

그는 푸른 셔츠차림으로 나를 기다리고 있었다. 소매를 반쯤 걷은 그의 모습이 평소보다 더 매력적이라고 생각하며 나는 그의 팔짱을 끼었다. 그는 자이로 드롭이나 롤러코스터 같은 것들을 좋아했다. 평소에 속도 내는 것을 즐기는 그를 봤을 때 예상 못할 바는 아니었지만, 막상 그런 놀이기구를 타려고 생각하니 망설여졌다. 그는 내 눈치를 보면서도 의견을 접지 않았다.

그와의 협의 끝에 나는 그와 후룸 라이드에 올랐다. 물살을 가르는 배가 바닥으로 고꾸라졌을 때 엄청난 물이 상반신을 적셨다. 스프레이까지 써서 고정했던 앞머리는 다시 감은 것처럼 흐물거렸다. 후룸 라이드에서 내리자마자 순간포착 사진을 팔고 있는 부스가 보였다. 나는 대충 머리를 털어내고 사진 앞으로 향했다. 내 얼굴은 머리카락에 가려 조금도 나오지 않았고, 오직 그 옆에서 즐거운 듯 입을 활짝 벌리고 웃는 그의 얼굴만이 또렷하게 보였다. 처음 보는 웃음이었다. 사진을 살까 했지만, 그는 그대로 부스를 지나쳐 갔다.

마지막으로 바이킹이라도 타자는 그의 제안을 거절하고, 바이킹을 타는 그를 구경했다. 이게 가장 무섭지 않은 놀이기구라고 끝까지 나를 설득했지만, 보기만 해도 멀미가 나는 것 같았다. 바이킹이 천장에 닿을 듯이 올라갈 때마다 그는 양 손을 들고 나를 향해 손을 흔들었다. 나는 손을 같이 흔들어주면서도 그가 정말 나를 보고 있는 걸까 하는 생각을 했다.

바이킹에서 내려온 그는 어느 때보다도 신나 보였다.

좋아?

웃음 띤 그의 표정을 보며 내가 물었다.

어. 가족이랑 오면 애한테 맞춰준다고 이런 거 못 타거든.

그가 만족한 얼굴로 대답했다.

뭐 먹을까.

그는 슬슬 배가 고픈 듯 주위를 두리번거렸다. 그는 이런 식으로 갑작스레 가족에 대해 이야기하곤 했다. 갑작스런 그의 가족 얘기에 애를 써도 입 꼬리가 쉬이 올라가지 않았다.

그의 딸은 유독 그를 닮았다. 쌍커풀 없이 큰 눈과 얄쌍하게 빠진 턱 라인이 그와 같았다. 남자치고는 선이 고운 편인 그보다 선을 좀 더 곱게 쓴다면 그 아이의 미래의 모습일 것 같았다. 나는 매번 그 아이의 나이를 잊어버렸다.

가끔 그가 보내는 아이의 사진을 보며 남의 아이는 생각보다 빨리 크는구나 생각했다. 그와 아이가 행복해 보일 때마다 나는 그와의 거리를 느꼈다. 내가 모르는 그의 모습이 너무 많았다. 나는 그가 좋아하는 것을 다 좋아해 보고자 했지만, 그의 가족만은 그게 잘 안 되었다. 그의 가족에 편입되고 싶은 마음이 없었지만 뭔가 애정의 대상을 빼앗긴 기분이었다. 물론 빼앗은 쪽은 나였지만 말이다.

아이를 키우는 것, 나는 한 번도 내 삶에서 그것을 생각해 본 적이 없다. 특히나 자신을 닮은 아이는 소름끼치게 싫었다. 세상에 자신과 같은 사람을 더 두고 싶지 않았다. 그리고 그 아이의 삶을 책임지고 싶지도 않았다. 나는 그를 닮은 아이의 사진을 넘겨보았다. 그 아이가 그와 그의 부인을 연결해주는 가장 튼튼한 고리였다. 내가 어떻게 넘볼 수 없는 그 한계가 거기에 있었다. 그리고 그를 향한 마음의 한계도 그곳에 있었다. 그를 사랑하는 마음이 넘지 못하는 지점, 그것이 바로 그가 지금 부인과 공유하고 있는 세계인 것이었다.

밥집을 찾던 그가 손가락으로 관람차를 가리켰다.

우리 저거 탈까?

그의 손끝의 관람차가 느리게 회전하고 있었다. 관람

차 앞에서야 우리가 뻔한 커플처럼 느껴졌다.

*

쏘냐와 코니 아일랜드로 향하는 전철에 탑승했다. 급행을 타면, 1시간 안에 관람차를 보러 갈 수 있다는 쏘냐의 말에 솔깃해서 아무 망설임 없이 보관소에 캐리어를 맡기고 그녀를 따라 나왔다. 너무 망설임이 없었나 하고 걱정이 고개를 들려고 할 때마다 쏘냐는 나를 보고 웃었다.

전철이 맨하탄을 빠져나가자, 전철 안의 사람들이 급속히 줄어들었다. 처음에는 백인들이 적어지더니, 브루클린의 중반을 향해 갈 때쯤엔 아시아인이라고는 나밖에 없었다. 오기 전부터 브루클린의 사건 사고이야기를 많이 들었기 때문에 맞은편에 앉아 있는 사람의 주머니에 혹시라도 총이 들어있지 않을까하는 걱정을 하며 사람들을 하나하나 관찰했다. 나는 앞자리 사람들과 눈이 마주칠 때면 어색하게 웃어보이고는 재빨리 고개를 숙였다. 쏘냐는 그런 내 맘을 알지도 못 하고 콧노래를 부르고 있었다.

아.

쏘냐는 마치 잊었던 걸 기억해낸 듯이 두고 온 것이 있다며 자신의 집에 좀 들려도 되겠냐고 물었다. 나는 마지못해 고개를 끄덕였지만, 마음속에서는 쏘냐에 대한 불신이 일어나기 시작했다. 내가 너무 성급하게 사람을 믿었던 게 아닐까. 사실은 코니 아일랜드가 아니라 나를 어딘가로 데려가는 것이 아닐까. 그런 생각과 함께 나의 예민하고 소심한 성정 때문에 또 사람을 의심하고야 만다는 지겨움 역시 올라왔다.

예민한 사람이고 싶지 않았다. 새로운 곳에서는 새로운 내가 되고 싶었다. 이런 자잘한 것들을 쿨하게 믿고 마는, 그렇게 결정할 수 있는 그런 사람이고 싶었다. 그럴 수도 있지, 모든 것들을 그렇게 잘 받아들일 수 있는 사람이고 싶었다.

그럴 수도 있지, 그녀가 떠나고 난 이후에도 나는 종종 마음속으로 그 말을 되뇌었다. 특히 그럴 수 없는 일들에서 그럴 수도 있다고 생각될 때까지 그럴 수 있지, 그럴 수 있지를 계속 되뇌었다.

나는 주머니 속에 있는 카드를 손으로 꼭 잡으며 얼마 남아 있지 않은 돈을 셈해 보았다. 만약 쏘냐가 나를 협박한다면, 이 정도 돈으로 나는 풀려날 수 있을까. 곁눈질하다 눈이 마주친 쏘냐를 따라 웃었지만, 손바닥에는 땀이 배어나오고 있었다.

내가 어떠한 결단을 내리기도 전에 전철이 멈추고 쏘냐가 자리에서 일어났다. 쏘냐는 얼른 일어나 가자는 듯 나를 향해 고개를 까닥했다. 나는 일단 쏘냐를 따라 전철에서 내렸다. 시큼한 냄새가 평소에 다니던 역보다 심하게 느껴졌다.

작은 개찰구를 빠져나오니, 곳곳마다 패딩을 껴입은 사람들이 벽에 기대어 사람들을 구경하고 있었다. 꼭 어디선가 오래된 뮤직비디오를 찍는 것만 같았고, 오히려 그 낯익음은 더 오래된 사건사고들을 떠올리게 했다. 나는 구경의 대상이 되어 혼자 돌아가는 것이 더 안전할지, 쏘냐를 따라가는 게 더 안전할지 가늠해 보았다.

고민을 마치기도 전에 쏘냐의 집이 있는 빌딩에 도착했다. 쏘냐는 뒤도 돌아보지 않은 채 성큼성큼 계단을 올랐다. 나도 쏘냐를 따라 계단을 올랐다. 녹슬고 낡은 손잡이 앞에 쏘냐가 걸음을 멈췄다. 쏘냐는 주머니를 뒤져 익숙하게 열쇠를 꺼내어 손잡이를 돌렸다. 철컥 문이 열리고, 쏘냐는 그제서야 나를 돌아봤다. 그 때 나는 내 운동화 끈을 바라보고 있었다. 운동화끈은 뛰기에 적절하게 묶여 있었다.

거실에 들어서며 쏘냐는 짧은 영어로 집을 소개해주었다. 거실의 큰 창에서 쏟아지는 빛이 정확히 테이블 위의 난잡하게 어질러진 과자 봉지들 위에 떨어지고 있었다. 내 시선을 느꼈는지 쏘냐는 과자 봉지를 한 번에 끌어안아 쓰레기통에 버렸다. 뭐라도 해낸 양 웃는 쏘냐 뒤로 오래된 화장실이 보였다. 쏘냐는 자신이 이 집에서 가장 큰 방을 쓰고 있다며 나를 자신의 방으로 이끌었다.

쏘냐의 방은 서울에 있는 내 원룸의 크기와 비슷했다. 고작 싱글 사이즈의 침대와 옷가지들이 걸린 작은 행거가 다였기 때문에 큰 방이 더 휑해 보였다. 침대 옆에는 캐리어가 열려있었고, 그 위로 풀다 만 짐들이 쌓여져 있었다. 쏘냐는 그 짐들을 뒤져서 흰 봉투를 꺼냈다. 쏘냐의 움직임에 따라 캐리어 뒤로 솜사탕 크기의 먼지 덩어리가 풀썩였다.

돈!

쏘냐는 꽤나 뿌듯한 얼굴로 흰 봉투 속 돈을 꺼내 주머니에 넣었다. 쏘냐의 움직임에 따라 먼지덩어리가 다시 풀썩였고, 쏘냐는 웃으며 먼지덩어리를 자신의 펫이라고 소개했다.

*

그가 졸업하기 전, 자신이 만든 영화를 보여주겠다며 집에 초대했다. 마침 함께 사는 친구가 외출해 그 혼자 집을 지키고 있었다. 그의 집에 도착하자마자 그는 바로 자신의 방문을 열었다. 집안의 전경은 기억나지 않았다. 대여섯 발자국 만에 그의 방에 들어갔다. 그는 딱히 앉을 자리가 없다며 침대 한 귀퉁이를 권했다. 나는 어색하게 침대 위에 허리를 꼿꼿이 펴고 앉으며 혹시나 나의 구부정한 자세가 매력적으로 보이지 않을까봐 걱정했다.

그가 보여준 영화에는 끊임없이 커피 잔과 담배가 나왔다. 나는 그 끊임없는 화면 배열이 결국 어떤 몽타주인지 알 수 없었고, 그가 쓴 외설적인 대사만이 머릿속에서 반복됐다. 영화가 중반으로 도달하기도 전에, 우리는 당연한 기댓값처럼 키스를 하고, 첫 관계를 가졌다. 그의 찌푸려진 얼굴을 보면서도 역시 잘 생긴 게 최고라고 생각했다. 관계가 끝나고 옷을 걸치는 내게 그는 택시비를 쥐어주었다.

너도 다른 애들 마주치면 민망하잖아.

그는 택시비를 받아들고 멍하니 있는 나를 채근하며 택시를 잡아주었다. 택시를 타자마자 보이는 그의 뒷모습이 없어질 때까지 바라보았다. 손에 쥐어진 택시비를 내려다보며, 그의 영화에 나온 여자들에 대해서 생각했다. 그 여자에게는 한 마디의 대사도 주어지지 않았다. 나오는 장면 내내 아무 말 없이 담배만 피우다가 사라지는, 그런 배경 같은 사람이었다.

고작 한 번의 관계뿐이었는데, 관계야말로 사랑의 표식이라고 생각하던 어린 애였기 때문에 금세 그에게 빠져버렸다. 그럴 수도 있지, 그 말을 처음으로 되뇌었던 때였다. 사랑이 이렇게도 시작될 수 있는 거라고 생각했다. 그럴 수도 있는 것이어야만 했다. 그래야 그도 나를 좋아한다는 생각에 상처가 나지 않았다.

처음엔 띄엄띄엄 오던 그의 답장이 점점 줄었다. 한동안 답 없는 문자를 계속 보내고, 예전의 문자를 다시 꺼내보곤 했다. 나는 보고 싶다는 말을 마지막으로 그에게 연락하는 것을 멈췄다. 그리고 그는 그대로 졸업했다.

그 즈음, 윤옥이 사진을 배우러 프랑스에 가겠다고 선언했다. 갑작스러운 일이었다.

왜 프랑스야? 이왕이면 미국이 낫지 않아?

그냥 프랑스에서 살아보고 싶었어.

윤옥은 늘 그랬다. 하고 싶다고 생각하면 그대로 실행에 옮겼다. 아니, 더 확실하게 말하면, 하고 싶다면 그것만으로 모든 게 용납되는 사람이었다.

이렇게 갑자기 간다고?

그럴 수도 있지.

윤옥은 빨대로 눈앞의 커피를 저으며 세상 남 일인 듯 이야기했다.

날씨 좋네. 사진 찍으러 나갈까.

내 마음이 어떻든 간에 그녀는 더 이상 내게 설명하고 싶지 않은 듯 했다. 그냥 그녀는 그렇게 정했을 뿐이었다. 나는 그게 너무 속상했다. 나에게 왜 모든 것을 공유하지 않는 것일까. 적어도 나에게는 이유를 말해줘야 하지 않나. 자신을 좋아해서 서운한 나를 설득하고 위로해줘야 하는 거 아닌가. 그런 모든 말들이 삼켜졌다.

그럴 수도 있지.

나는 뒤늦게 그녀의 말을 따라했다. 그녀가 카메라를 들고 자리에서 일어났고, 나 역시 따라 일어났다.

그렇게 윤옥은 정말로 프랑스에 가버렸다. 윤옥은 프랑스에 가서도 종종 자신이 찍은 사진 뒤에 메모처럼 간단하게 일상을 적어 보냈다. 윤옥은 갓 스무살이 된 프랑스인 남자친구가 생겼다고 했다. 나이 차가 많이 나는 것도, 프랑스인인 것도 왠지 윤옥에게 잘 어울리는 일 같았다.

한동안 나도 윤옥에게 편지를 보내고, 윤옥이 좋아할 만한 책을 보내곤 했다. 마지막으로 받은 윤옥의 사진에는 하늘에 노을이 번지고 있었다. 그 사진 뒤에는 단 한 문장만이 적혀 있었다.

그럴 수 있는 일일까.

그 이후 윤옥은 더 이상 사진을 보내지 않았다.

*

　지하철에서 내리니 해변 방향을 알려주는 표지판이
보였다. 우리는 일단 그 표지판이 가리키는 방향으로 걸
었다. 길 건너에는 사람들이 긴 줄을 서 있었다. 샛노란
간판 위에 크게 핫도그 사진이 걸려있는 걸 보니 핫도그
가게인 듯 했다.

　쏘냐는 그 곳이 유명한 맛집이라며 7월에는 핫도그 많
이 먹기 대회도 열린다고 했다. 쏘냐는 여름에 왔으면 핫
도그 많이 먹기 대회에 나갔을텐데 하고 아쉬운 표정을
지었다. 핫도그 건물 뒤로는 기다랗게 무한대를 그리고
있는 롤러코스터의 선로가 보였다. 쏘냐는 롤러코스터를
손가락으로 가리키며 아이처럼 웃었다.

　우리가 핸드폰으로 지도를 다시 확인하는 동안, 줄을
서 있던 한 노인이 말을 걸었다. 놀이 공원에 가려고 왔다
는 말에 노인은 겨울에는 놀이 공원 문을 닫는다고 이야
기했다. 쏘냐와 서로의 얼굴을 쳐다보았다. 쏘냐는 울상
을 지으며 쏘리라고 말했다. 나는 그저 어깨를 들썩여보
이고는 해변을 구경하자고 제안했다.

길 양 옆으로 놀이기구들이 줄 서 있었다. 왼쪽 편으로 둥글게 세워진 관람차의 녹색 철제가 보였다. 관람차 옆으로는 푸른 기둥에 붉은 레일이 놓인 롤러코스터가 있었다. 놀이기구들은 대부분 꽤나 낡아 보였지만, 새로 도색한 듯이 청량한 색을 뿜고 있었다. 정말 여름에 왔으면 좋았겠다는 생각을 하면서 고개를 돌렸다.

해변 옆으로는 나무로 된 길이 넓게 펼쳐져 있었다. 쌀쌀한 날씨에도 꽤 많은 사람들이 걷고 있었고, 왼편으로 펼쳐진 해변에는 작은 텐트가 쳐 있었다. 해변의 반대편에는 아기자기한 가게들과 채도가 높은 색들로 그려진 벽화들이 이어졌다. 가게들 사이에는 놀이 공원으로 들어가는 철문이 있었는데, 푸른 눈동자와 붉은 입술을 가진 기괴한 얼굴이 철문 위에 웃고 있었다. 번뜩이는 푸른 눈동자가 마치 나를 내려다보고 있는 것 같아 소름이 돋았다. 쏘냐는 그 얼굴이 귀엽다며 연신 사진을 찍었고, 나는 그런 쏘냐를 제쳐두고 앞으로 걸었다.

앞서 걷다 한 벽화 앞에서 발이 멈췄다. 쨍한 청록색 배경에 눈이 움푹 들어간 여자의 그림이었고, 여자 뒤로는 붉은색 관람차가 그려져 있었다. 벽화에 눈을 떼지 못

하는 내게 쏘냐는 벽화 앞에 서보라며 등을 떠밀었다. 얼결에 벽화 앞에서 어색하게 브이를 그렸다. 쏘냐는 연신 자세를 바꿔가며 사진을 찍었다.

길은 해변을 따라 쭉 이어져 있었다. 우리는 끝없는 길을 바라보다 방향을 돌려 모래사장으로 들어갔다. 모래사장에는 모형의 야자수가 서 있었고, 우리는 그 옆에 가 앉았다. 얼마만의 바다인가 생각하며 어디엔가 있을 그에 대해서 생각했다.

때때로 그가 밤이 되도록 연락이 없을 때는 초조함에 시달렸다. 당연한 일임에도 그가 부인과 보낼 시간을 생각하니 마음이 바짝바짝 말랐다. 그가 나를 열렬히 원한다는 것으로 마음이 충만했던 때가 고작 지난밤이었음에도 나는 하루 만에 다시 그가 떠날 것 같은 불안감에 시달렸다. 그가 이대로 내가 없던 시절로 돌아가는 것이 아닐까, 불안했다.

그에게 연락할 순 없었다. 자신의 불안을 내보이는 것이야말로 그를 돌아서게 하는 것이라는 것을 알고 있었으니까. 그대로 그의 연락을 기다리며 방구석의 가구처럼 그렇게 삭아가는 기분을 느끼고 싶지 않았다. 그럴 때마다 나는 익숙한 길들을 따라 바다로 향했다. 그런 날엔 늘 바다가 요동치고 있었다. 파도가 발치까지 밀려왔다.

그 밤들을 생각하며 눈앞에 펼쳐진 흐릿한 수평선을 내다보았다. 구름이 엷게 깔린 회색빛 하늘이 스산하게 느껴졌지만 오히려 그 점이 좋았다. 쏘냐가 해수욕장 모래 위로 벌렁 누웠다. 나도 쏘냐를 따라 조심스레 등을 모래 위에 눕혔다. 싸늘한 감각에 목덜미에 도돌도돌 닭살이 올라왔다.

아이 라이크 케이팝.

쏘냐가 허공을 향해 말했다. 쏘냐의 볼은 찬바람 때문에 약간 붉어져있었다. 쏘냐는 방학이 되면 한국에 갈 것이라며 말을 이었다. 그 때 볼 수 있냐는 쏘냐의 질문에 나는 대답 없이 고개를 끄덕였다. 갈매기가 우리 머리 위를 맴돌았다.

그와 몇 번째 만나던 날, 그가 그런 말을 한 적이 있었다.

나는 엄청난 리스크를 안고 널 만나는 거야. 난 잃을 게 많잖아.

그는 몇 주만에 보게 되어 투정을 부리는 나를 달래려

했지만 그 말은 오히려 그에게는 돌아갈 곳이 있다는 말처럼 들렸다.

길어지기 전에. 그 때 나는 그렇게 생각했다. 더 길어지기 전에 이 관계를 마무리해야한다고. 자신은 지나가는 부표일 뿐이라고, 그에게는 그저 언젠가의 일탈로만 존재할 뿐이란 것을 알았다. 지금의 해일을 넘고 나면 아무 것도 없었다는 평온함만이 그 자리에 남을 것이다. 나와의 관계가 끝나더라도 그는 그 말간 얼굴로 안온한 삶속에 그대로 머물겠지.

하지만 나는? 나는 내 미래를 생각할 때마다 해변에 밀려온 미역줄기와 말라가는 해초들이 떠올랐다. 햇볕 속에서 점점 말라가는, 부서져가는, 털어내면 다일 휜 소금 자국만을 남겨두고 버려질. '버려질', 내가 가장 두려워했던 말은 이것이었다. 버려진다는 것. 나는 더 이상 버려지고 싶지 않았다. 그가 손가락 하나만 떼면 없어질 사이에서 위태롭게 있고 싶지 않았다. 더 이상 자신이 그것을 견디지 못해 끌어당기기 전에, (그래서 결국 끊어지기 전에) 모든 것을 먼저 놓아야만 했다. 하지만 나는 아무것도 놓지 못하고 오지도 가지도 않는 그의 곁을 여전히 맴

돌고만 있었다.

　하늘이 어두워진다고 생각했는데, 갑자기 비가 쏟아졌다. 쏘냐와 나는 자리에서 일어나 아무 가게 처마 밑으로 뛰어들었다. 어깨와 머리 위 빗방울을 손으로 털어냈다. 나는 씁쓸하게 웃었다.

　왓 어 배드 데이.

　쏘냐는 여전히 밝은 얼굴로 고개를 저었다.

　No. It's upon your mind. (당신의 마음에 달렸어요.)

　쏘냐는 손을 내밀어 비를 가늠해보았다. 쏟아지는 빗물이 쏘냐의 손바닥에 금세 물웅덩이를 만들었다. 쏘냐가 손을 거두자 손바닥의 물웅덩이도 사라졌다. 쏘냐는 코니 아일랜드가 가족과 온 마지막 여행지였다고 했다. 지금은 부모님이 이혼하셔서 같이 오기는 힘들지만, 그래서 뉴욕에 오면 꼭 오고 싶은 곳이었다고 말했다.

　아임 쏘 쏘리.

　나는 최대한 안타까운 표정을 지어보였다. 이럴 때는 영어가 간편했다. 어떤 위로의 말을 고를 필요도 없이 아임 쏘 쏘리면 해결이 되었다. 쏘냐는 어깨를 으쓱했다. 그 모양이 꼭 윤옥 같았다. 쏘냐는 그 때도 엄마 아빠와 함께 벽화 앞에서 사진을 찍었다고 했다. 벽화의 그림은 달라졌지만, 그래도 사진을 남겼으면 좋겠다는 생각이 들었다고 했다.

나는 내가 모르는 슬픔에 마땅히 와야만 했을 위로의 말들을 떠올렸지만, 결국 영어가 되지 못한 위로들이 입 안을 굴러다니다가 이내 삼켜졌다. 쏘냐가 나를 향해 싱긋 웃었다.

I'd be sad if you weren't here. (당신이 여기 없었다면 슬펐을 거예요.)

쏘냐는 이내 고개를 돌리더니 바깥을 향해 검지를 뻗었다. 나가자는 말이었다. 나는 쏘냐를 따라 빗속으로 뛰어들었다. 공들였던 머리가 물에 폭삭 젖고, 드라이를 해야 하는 코트도, 천으로 된 가방도 몽땅 젖었다. 뛰어가는 쏘냐 옆으로 롤러코스터의 푸른 레일이 보였다. 무한대의 반쪽도 무한대일까. 그런 쓸 데 없는 생각을 하며 역을 향해 뛰었다.

*

쏘냐가 내리고 나서야 쏘냐의 연락처조차 물어보지 않았다는 것을 깨달았다. 쏘냐의 핸드폰에 남겨져 있을 내 사진을 생각하며 물기에 젖은 소매를 한 손으로 꾸욱 짰다. 물기가 전철 바닥에 똑똑 떨어졌다. 돌아가는 전철에도 아시아인은 많지 않았다. 아무도 나를 쳐다보지 않았고, 나 역시 더 이상 앞 사람의 주머니를 살피지 않았다. 고개를 돌리니 창밖으로 잦아드는 빗방울이 보였다.

맨하탄에 도착해서야 밤이 되어 전철의 배차가 길어졌단 걸 알았다. 코리아 타운 근처 역에 내려서 갈아탈 전철을 하염없이 기다렸다. 숙소를 맨하탄에 잡지 않은 게 후회됐다. 호텔에 머물며 늦게까지 여행을 즐기고 싶어 하는 나와는 달리 그는 마침 퀸즈에 지금 예약해야 잡을 수 있는 좋은 스튜디오가 나와 있다며 내 눈치를 보았다. 나는 대답하지 않음으로써 거절의 의사를 표현했지만, 그의 끈질긴 설득에 동의할 수밖에 없었다. 그는 숙소 주변에도 분위기 좋은 바가 많다며 검색한 사진들을 보여 주었다. 낡은 나무 바 위에 형형색색의 칵테일이 올려져 있었고, 오랫동안 칵테일을 만들어 왔을 법한 한 남성이 사진을 향해 엄지를 치켜들고 있었다. 나는 사진을 보면서도 맨하탄의 야경을 떠올렸다.

　나는 그제서야 숙소를 그의 이름으로 예약했다는 것
이 기억났다. 그가 내 이름도 같이 올려두었는지 알 수
없었다. 다급해진 마음으로 핸드폰 속 그의 이름을 눌렀
다. 통화가 연결되는 소리가 들렸다.

　왁자지껄한 소리와 함께 한 무리의 한국인들이 계단을
내려왔다. 익숙한 언어들 속에서 왠지 모르게 이방인이
된 기분으로 조용히 서 있었다. 장난 어린 욕설들이 오고
갔다. 술을 더 마시고 싶어 하는 남자와 집으로 얼른 돌아
가고 싶어 하는 남자가 서로 목소리를 높였다. 귓가에선
통화 연결음이 끊길 듯 끊기지 않고 울리고 있었다. 집에
가고 싶어 하는 남자는 집에 자신의 여자 친구가 기다리
고 있다고 말했다.

　야, 그냥 니가 집에 가고 싶은 거겠지. 걔가 언제 그런
거 신경 썼다고.

　욕을 하던 남자들은 서로를 어깨로 밀치며 웃었다. 결
국 술을 더 마시기로 결정했는지, 무리들은 다시 우르르
계단을 올라갔다. 나는 소리샘으로 연결된다는 음성을
듣고서야 전화를 끊었다.

뉴욕에 오기 몇 달 전 나는 윤옥의 전시를 갔다.

너에게 보여주고 싶어서.

언제나처럼 군더더기 없는 윤옥의 단정한 말에 바로 서울로 향하는 기차표를 끊었다. 윤옥의 전시회는 을지로의 작은 공간에서 열렸다. 똑같은 모양의 간판가게들 사이에 좁은 틈이 있었다. 그 사이의 가파른 계단을 따라 올라가면 작은 전시관이 보였다. 계단을 오르자 바깥의 더위가 금세 잊힐 만큼 냉랭한 공기가 콧속으로 들어왔다. 시멘트가 내뿜는 회색빛 냉랭함이 몸을 식혀주었다.

가끔 윤옥이 보내주었던 그녀의 사진을 떠올렸다. 눈부시던 프랑스의 전경. 윤옥이 처음 프랑스에서 자리 잡은 곳은 파리 근처의 작은 소도시였다. 그는 어느 집 2층에서 생활하고 있었고, 랭귀지 수업을 가지 않는 날은 주변을 산책한다고 했다. 윤옥은 산책할 때마다 휴대폰으로 찍은 전경을 종종 보내주곤 했는데, 도시의 분위기인지 윤옥의 분위기인지 모를 화사함이 사진에 담겨 있었다. 노랑과 초록, 그녀가 보내준 사진은 그런 빛깔이었다.

전시관은 원룸크기에 작은 공간이었다. 그마저도 파티
션을 둘로 나눠 안쪽은 사무실처럼 사용하고 있었다. 세 면
의 흰 벽에는 사진들이 전시되어 있었는데, 구석에 비치된
윤옥의 전시회 팸플릿이 없었더라면 윤옥의 사진이라곤 상
상할 수 없었을 것 같았다. 벽에 걸린 사진에는 그녀가 종
종 내게 보내주었던 프랑스는 없었다.

짙은 남색에 가까운 투명한 청록색. 윤옥의 사진은 전부
물을 소재로 하고 있었다. 분명 흐르는 물이었을 텐데도 윤
옥의 사진에서는 물방울도 손가락으로 굴릴 수 있는 구슬
같았고, 파도조차 그대로 굳어버린 투명한 돌 같았다. 멈춰
버린 파도 속을 한참 들여다보았다. 사진 옆에 작게 '미드나
잇(midnight)'이라고 제목이 적혀있었다. 윤옥의 밤들. 어
쩐지 멈춰진 파도에서 잠든 윤옥의 숨소리가 들리는 듯했
다.

윤옥과 밤바다를 거닌 적이 있었다. 한참 그를 짝사랑하
고 있을 무렵이었다. 답이 오지 않는 문자를 계속 보내는
내게 윤옥이 그런 말을 한 적이 있었다.

내가 바다를 사랑한다고 해서 바다에게 날 사랑하라고

말할 수는 없는 일이야.

평소보다 낮은 윤옥의 목소리와 쏟아지듯 밀려오는 파
도소리, 그리고 눈물이 되지 못한 코를 훌쩍이는 소리. 그
날의 기억은 그런 소리들로 남았다. 그 날 우리가 바다에
발을 담궜었는지, 해변의 끝까지 걸어갔었는지 따위는 기
억나지 않았다. 다만, 그 날의 소리들만 웅어리처럼 기억될
뿐이었다.

*

빗물이 말라가면서 몸이 한기에 떨렸다. 그에게서는 다
시 연락이 오지 않았다. 텅 빈 선로에 고개를 내밀어 어둠
을 확인하고는 손에 들려 있는 메트로 카드를 만지작거렸
다. 택시비를 손에 쥐어주던 그가 떠올랐다. 그가 어떤 마
음이었는지 더 이상 궁금하지 않았다. 다만, 그 택시비를
받으면서도 내가 그를 사랑하기로 결정했었다는 사실만이
또렷이 남았다. 그냥 그렇게 되는 일 따위는 아무데도 없었
다. 나는 등을 돌려 계단으로 향했다.

전철이 들어오는 소리가 들렸다.

주머니에서 전화가 울렸다.

여름의 끝

여정의 달콤한 학기에 금이 가기 시작했던 것은 소진의 아이섀도를 실수로 밟아버렸을 때부터였다. 콰직하는 소리와 함께 발밑에 물먹은 봉숭아 빛의 섀도가 짓눌러진 게 보였다.

"헛, 미안해."

여정은 손으로 섀도를 다시 쓸어 담으며 소진에게 사과했다. 소진은 아무 대답 없이 여정에게서 엉망이 된 섀도 가루를 받아들고는 쓰레기통에 쏟아 버렸다. 어찌할 바 모르는 여정을 한참 쳐다보던 소진은 여진에게 핸드폰을 내밀었다.

"너 번호가 뭐야?"

소진에게 전화가 오기 시작한 것은 바로 다음 날부터였다. 모르는 번호에 망설이던 여정이 전화를 받았을 때, 낯익은 목소리가 수화기에서 흘러나왔다. 여정은 소진이 어제의 복수를 하려고 하는 건지도 모른다고 생각했다. 여정은 소진의 한 마디마다 행간을 찾으려고 노력했다. 분명 하고 싶은 말이 있을 것이다.

여정의 시선은 용돈이 숨겨져 있는 책꽂이로 향했다. 여정은 혹시라도 소진이 돈을 요구하면 얼마나 줄 수 있을까 셈해보았다. 얼마 되지 않으리라. 여정은 많은 케이스의 왕따 이야기들을 떠올렸다. 스스로 조심해야 한다. 여정은 그렇게 생각하고는 온 정신을 집중하여 소진의 목소리를 읽었다. 소진은 여정이 특별히 대답하지 않아도 끊임없이 자신의 이야기를 했고 마지막에는 밥을 먹으러 가야겠다며 전화를 끊었다.

여정은 소진과의 전화가 끊긴 후에도 자신이 놓친 부분이 있을까 곱씹었다. 어영부영 식사를 끝내고 자리에 다시 눕고서야 여정은 소진이 자신에게 무얼 원하는 게 없다는 걸 깨달았다. 그렇다면 소진이 왜 전화한 걸까. 여정은 통화목록의 낯선 번호를 몇 번이고 보다가 전화번호부에 "이소진"으로 저장했다.

다음날에도 소진에게서 연락이 왔다. 여정이 막 문제집을 펼쳤을 때였다

"너 부 활동 뭐할 거야?"

"아, 나는 원래 수학경시부여서 따로 선택 안 해도 돼."

"오, 공부 좀 하는구나?"

여정은 별 거 아닌 소진의 인정에도 입꼬리가 올라가는 자신을 발견했다. 어쩌면 소진과 친구가 될 수 있을지도 모른다, 그런 생각이 들었다.

친구가 되는 것은 너무나 순간적이어서 서로가 어떻게 이토록 친해졌는지 누구도 알 수 없었다. 여정과 소진은 각자의 집에 있는 순간을 제외하고는 항상 붙어 다녔다. 가는 길이 갈라지는 육교 앞에서는 헤어짐이 아쉬워 저녁까지 이야기를 나누는 일도 다분했다. 소진이 여정이 담임 선생님을 좋아한다는 것을 눈치 채는 것은 무리도 아니었다. 체육 시간이 끝나고 점심을 먹으러 가는 길

에 소진은 툭 말을 던졌다.

"야, 너 담임 좋아하지?"

"무슨 소리야. 아니야."

"에이, 얼굴 빨개지는데?"

"무슨 소리야, 됐어. 밥이나 먹으러 가자."

"콜."

소진은 다 알면서도 모른 척 해준다는 양 등을 돌려 식당으로 향했다. 여정은 소진이 자신의 맘을 눈치챘을까 봐 가슴이 쿵쾅댔다. 담임을 좋아하냐는 질문에 당황한 것은 비단 소진에게 자신의 맘을 들킨 것 같은 부끄러움 때문만은 아니었다. 여정은 자신이 부정을 저지르는 것 같았다. 여정은 괜히 자신의 디저트를 소진에게 미뤄주며 점심시간이 끝날 때까지 아무 말이나 끊이지 않게 뱉었다.

여정이 소진의 집에 처음으로 놀러간 것은 개학을 몇 주 남기지 않은 즘이었다. 그날따라 비가 심하게 내렸고 소진이 여정에게 자신의 집에서 쉬다 가자고 제안했다. 여정은 한 번도 자신의 집에 누군가를 초대한 적이 없었다. 아무리 가까운 친구더라도 자신의 집을 보여주는 것

은 자신의 맨 몸을 보여주는 것보다 싫었다. 여정은 입구
부터 낡은 자신의 집을 떠올렸다. 여정은 한 번도 누군가
를 자신의 집에 초대한 적이 없었고, 누군가 자신을 집에
초대하더라도 간 적이 없었다. 그 초대에 응하면 자신도
상대를 집에 초대해야할 것만 같았기 때문이었다. 그런
데 소진만은 달랐다. 소진의 초대는 소진과 자신 사이의
벽 하나를 허무는 행위 같았다. 지금이야말로 누구보다
소진과 친해질 수 있는 기회였다. 여정은 설레는 맘을 숨
기며 그러자고 대답했다.

　아파트 입구로 들어와 엘리베이터를 타고 23층에 내
리니 바로 맞은편에 소진의 집이 보였다. 여정은 그렇게
높은 층에는 올라와 본 적이 없었다. 높은 곳에 올라왔다
는 의식 때문이었는지 숨이 차는 것 같았다. 숨을 고르고
들어간 소진의 집은 넓고 환했다. 화이트톤으로 맞춰진
가구들에 어두운 브라운의 원목이 포인트로 들어가 있었
고, 잡동사니 같은 것들은 애초에 없었는지 아니면 어딘
가에 숨겨뒀는지 단정하고 깔끔했다.

　무엇보다도 소진의 집에는 어른이 없었다. 소진의 부
모님은 모두 맞벌이였고, 소진에겐 오빠도, 할아버지도

없었다. 여정이 거실에 다 놀라기도 전에 소진은 여정을
자신의 방으로 불렀다. 소진의 방은 여정의 방을 두 개
합친 것만큼 넓었다. 큰 침대와 공부하기 좋은 책상, 고
급스러워 보이는 은색 스탠드, 가지런히 정리된 책들과
필기구들, 화이트 톤의 미니멀한 가구들, 그러나 소진은
아무것도 자랑하지 않았다.

대신 소진은 자신의 큰 침대에 털썩 누워 자신의 옆자
리를 손바닥으로 툭툭 쳤다. 누우면서 아무렇게나 흐트
러진 소진의 머리칼은 애초에 그렇게 그려진 것처럼 소진
과 어울렸다. 여정이 머뭇거리자 소진이 여정의 팔을 끌
어당겨 침대에 눕혔다. 여정은 옆에 누운 소진 때문에 가
슴이 콩닥거렸지만 왜 그런지 알 수 없었다.

"우리 좀만 자다 갈까?"

"응?"

"배고파?"

"아니."

"그럼 우리 좀만 자다가 밥 먹으러 가자."

소진은 처음부터 대답은 기다리지 않았다는 듯 눈을
감았다. 소진의 눈 위로 기다란 속눈썹이 드리워졌다. 여

정은 소진의 감은 눈을 바라보았다. 연한 갈색의 눈동자가 예쁘다고 생각했는데, 소진은 감은 눈조차 예뻤다. 여정은 소진을 처음 보는 것처럼 소진의 얼굴을 찬찬히 뜯어보았다. 하얀 피부, 검은 머릿결, 뾰족한 귀, 둥근 턱, 완벽한 미인형은 아니었지만 여정에게 소진은 빠짐없이 예뻤다.

여정은 소진의 잠든 숨소리를 아는 사람도 자신밖에 없을 거라는 생각에 가슴이 두근거렸다. 여정은 사랑에 빠지는 것은 이런 걸까, 생각했고 이윽고 자신이 사랑에 빠진 것 같은 착각이 들었다. 여정이 소진에게서 돌아눕자 얕게 잠이든 소진이 여정의 허리를 껴안았다. 그제야 봉인이 풀린 듯 소진을 향한 소유욕이 여정의 온몸으로 퍼져나갔다. 세상에 그냥 그래야만 하는 일들이 있듯이 소진은 자신의 것이어야만 했다. 여자를 사랑해도 되는 걸까? 여정은 그런 생각을 하는 자신이 지겹도록 피로하게 느껴졌다.

소진은 바닥부터 자신과는 다른 사람이었다. 자신감 넘쳤고, 해야 할 말은 꼭 했으며, 자신처럼 끙끙대지 않고 행동력도 있었다. 게다가 무엇보다 소진은 예쁜 얼굴과 좋은 가정환경을 가졌다. 여정은 성별의 문제 이전에 자신 같은 사람이 소진을 좋아해서는 안 된다는 생각이 들었다. 여정은 여전히 자신의 허리를 안고 있는 소진의 투명한 손에 질투심이 일었다.

"우리 집 조용하지?"

잠이든 줄 알았던 소진이 졸린 목소리로 말을 꺼냈다.

"응, 너네 집 진짜 좋다. 넓고 깨끗하고 조용하고……."

"나는 조용한 거 싫은데, 이렇게 집에 누워 있으면 나도 가구인 것 같아. 아니면 아무도 없는 집에 혼자 남은 개? 엄마아빠가 오면 꼬리 흔들며 마중가고 또 혼자 남는……."

여정은 소진의 말을 듣고만 있었다. 소진의 목소리가 방안에 그늘처럼 깔렸다. 여정은 어떤 말을 해줘야하는지 알 수 없었다. 여정은 돌아누워 소진을 안아주었다. 소진은 깊게 한숨을 쉬고 여정의 품을 파고 들었다.

여정은 소진이 가진 것에 비해 너무나도 작은 아픔에 허덕이고 있다고 생각했다. 너는 모른다. 여정은 생각했다. 개미가 들끓는 집이 어떤 건지, 살 부비며 미어터지게 사는 것이 어떤 건지, 소진은 모르기 때문에 저런 고민을

하는 것이다. 여정은 그런 소진의 고민이 가소롭고 부러
웠다.

　그날 이후 여정은 소진의 집에 다시 가지 않았다. 소
진을 시기하게 되는 것이 무서웠고, 그 두려움과 반대로
소진을 볼 때마다 두근거렸기 때문이었다. 마음이 불편
해지다보니 소진을 피해 다니게 되었다. 항상 함께 하던
하교도 이런 저런 핑곌 대며 먼저 집에 왔다. 하지만 만
나지 않는 시간 동안에도 여정은 종종 소진을 생각했고,
때로는 마음이 너무 괴롭다가도 때로는 모든 것이 다 상
관없게 느껴졌다.

　중간고사가 끝나자 여정은 수학경시대회가 얼마 남지
않았다는 핑계로 한 시간씩 일찍 등교했다. 교실에 도착
해 창문을 열면 운동장이 한눈에 보였고, 이른 오전의 운
동장에는 달리고 있는 소진이 있었다. 소진의 발이 땅에
닿을 때마다 높게 묶은 소진의 긴 머리칼이 찰랑찰랑 흔
들렸다. 소진은 숨이 턱 끝까지 찰 때까지 달렸다. 점점
소진의 속도가 느려지다가 멈추면 소진의 어깨가 위아래
로 크게 흔들렸다.

　여정은 다른 친구가 등교할 때까지 하염없이 소진을

내려다보았다. 소진을 부르지도 않았고, 소진을 향해 손을 흔들지도 않았다. 여정은 하나의 건물처럼 그 자리에서 조용하게 소진을 내려다보았다.

소진의 집에 다녀온 이후부터 여정은 소진을 대하기가 어려웠다. 평소처럼 대하고 싶었지만, 어느 것이 평소였는지 기억나지 않았다. 자신의 손가락에 소진의 손끝이 닿기만 해도 마음이 찌릿했다. 그런 여정과 달리 소진은 여정의 손을 불시에 덥석덥석 잡았다.

육상부를 시작하고 나서 소진은 많이 피곤해했다. 피곤하면 집에 들어가서 자라는 여정의 말에도 소진은 기어코 여정을 따라나서서는 여정의 어깨에 기대어 잠시 잠들곤 했다. 여정에게 모든 것이 완벽했던 때를 묻는다면 딱 그 순간이었다. 그 누구도 부럽지 않았고, 그 어떤 바람도, 햇살도 이보다 따사로울 수 없었다.

"육상은 왜 시작한 거야?"

여정은 어깨에 기댄 소진에게 물었다.

"글쎄, 집에 있기 싫어서?"

소진은 눈을 뜨지 않은 채 입술만 움직였다.

"그래도, 육상은 좀 힘들지 않아?"

"막 달리다보면, 목에서 피맛이 나. 그때도 안 멈추고 달리면 진짜 죽을 거 같거든? 그러면 아, 이런 게 진짜 죽을 맛이구나. 나는 살만 하구나. 뭐 그런 생각이 들어."

여정은 소진에게 더 이상 질문하지 않았다. 여정은 소진이 모든 경계를 내려놓고 자신을 대하고 있다고 생각했다. 여정은 소진과 자신의 경계가 불분명해졌다고 느꼈다. 소진의 어려움이 자신의 어려움이었고, 소진의 기쁨이 자신의 기쁨이었다. 잠든 소진을 볼 때면 나를 믿고 등 뒤를 내어주는 애완견을 보는 기분이 들었다. 절절해지는 여정의 마음과는 반대로 여정과 소진이 만나는 횟수는 줄어들었다. 여정은 해야 할 숙제의 양이 너무나 많았고, 소진은 육상대회를 앞두고 연습이 더 많아졌다. 그렇지만 여정은 불안하지 않았다. 이미 여정과 소진 사이에는 어떠한 틈이나 거리가 비집고 들어올 공간이 없었다. 몸이 떨어져 있다고 할지라도 자신들은 이미 떨어질 수 없는 사이라고 굳게 믿었다.

그러나 여정의 믿음은 오래가지 못했다. 여름이 되자, 여정이 수학경시반 친구들과 어울리게 된 것처럼 소진에게도 새로운 친구가 생겼다. 소진은 매번 여정과 보내던 주말에 가끔 다른 친구들을 만나러 갔고, 아침 연습도 체육관에서 하기 시작했다. 여정은 소진과의 만남이 눈에 띄게 줄어들자 불안해졌다.

여정은 수학경시반이 끝나자마자 소진과 함께 하교를 하기 위해 체육관으로 뛰어갔다. 여정이 체육관에 들어서자마자 소진이 담임선생님의 옷자락을 쥐고 웃으며 이야기하는 모습이 보였다. 다행히 다가갈 수가 없어 그 자리에 멈춰선 여정을 소진이 발견하고 가방을 챙겨 뛰어왔다.

오랜만에 함께하는 하교에 여정은 무엇부터 말해야 할지 몰랐다. 여정은 소진과 자신의 관계가 여전히 굳건함을 확인하고 싶었지만, 소진은 걸어가는 내내 여정에게 눈길 한 번도 주지 않은 채 문자보내기에 바빴다.

"쌤이랑 무슨 얘기했어?"

"아, 이번 주말에 육상부 애들이랑 쌤이랑 경기 보러 가기로 했거든."

소진은 핸드폰에서 눈을 떼지 않고 대수롭지 않게 말했다.

"핸드폰 좀 안 보면 안 돼?"

소진은 여정을 잠시 올려다보더니 다시 핸드폰에 시선을 고정했다.

"응, 이것만 보내고."

"이번 주말에 어디 간다는 말 없었잖아."

"내가 말 안했나? 말한 줄 알았는데."

"안 했어."

"그런가."

소진은 퉁명스레 핸드폰만 내려 보았고 여정은 그런 소진의 옆모습만을 하염없이 바라보았다. 여정은 절대 다시 생길 거 같지 않던 소진과의 틈이 스멀스멀 벌어지는 것을 느꼈다. 여정은 가슴에 멍울이 잡히듯 아프기 시작했다. 소진은 핸드폰 화면을 끄고 전처럼 웃으며 팔짱을 꼈다.

"이번 주말에 못 보니까 오늘은 좀 놀다 들어갈까?"

여정은 웃는 소진을 보니 더욱 울고 싶어졌다.

여정의 걱정과는 무관하게도 소진이 없는 생활은 무난히도 흘러갔다. 무엇보다 여정은 코앞으로 다가온 수학경시대회를 준비하느라 정신이 없었다. 소진 역시 육상경기를 준비하느라 종례 때에만 자리를 채웠다. 소진은 여정과 눈이 마주칠 때면, 잘 가란 인사조차 없이 눈만 찡긋하고 사라졌다.

자연스레 여정은 경시부 친구들과 하교하는 날이 많아졌다. 종종 운동장을 뛰고 있는 소진을 마주쳤고, 여전히 소진의 높게 묶은 머리는 양 옆으로 찰랑거렸지만 더 이상 소진을 바라보지 않았다.

폭염주의보가 내렸던 날, 골대에 농구공을 넣는 실기 시험이 있었다. 소진 역시 오랜만에 수업에 얼굴을 비쳤다. 여정은 오랜만에 본 소진이 낯설었다. 여정은 어느 때보다 열심히 연습했다. 소진과 말할 기회가 생기는 것도 피하고 싶었지만, 소진에게 부족한 모습을 보이는 것이 더 싫었다. 연습 끝에 잠깐 숨을 돌리니, 오히려 모든 모공에서 참아왔던 땀방울이 터져 나왔다. 땀으로 푹 젖은 얼굴에 머리카락들이 다닥다닥 들러붙었지만 머리카락 떼어내는 것조차 힘에 부쳤다.

순간 담임 선생님의 단단한 손이 여정의 머리칼에 머물렀고, 여정이 놀라 고개를 들었다. 담임 선생님은 둘만의 비밀이라는 듯 눈을 찡긋했다. 여정은 그 표정이 꼭 소진 같다고 생각했다. 여정은 농구공을 제게 쥐어주고 등을 돌리는 담임 선생님을 바라보았다. 저 등이면, 저 사람이면 자신을 끝까지 책임져줄 것만 같았다. 담임 선생님의 등에서 시선을 뗐을 때 소진이 보였다. 여정은 자신도 모르게 농구공으로 시선을 돌렸다. 소진이 한동안 자신을 바라보는 것 같았지만 여정은 애꿎은 공만 바닥에 튕겼다.

마지막 번호까지 실기시험이 끝나자 담임 선생님이 반에 아이스크림을 돌렸다. 아이스크림을 받아와 자리에 앉는 여정의 눈에 담임 선생님과 얘기하는 소진이 보였다. 소진은 얘기를 마치고 자신을 바라보는 여정에게 싱긋 웃었지만 여정은 따라 웃지 못했다. 여정은 자신과 소진의 관계가 언제부터 이렇게 어긋났는지 괴로웠다. 소진을 볼 때마다 자신이 무언가 잘못한 기분이 들었다. 여정은 고개를 흔들었다. 이제 와서 그런 건 아무것도 되지 않는다. 이제 소진은 자신과는 상관없는 사람이었다.

소진이 여정의 옆에 와서 앉았다. 굳어있는 여정의 어깨에 소진은 예전처럼 머리를 기대었다. 익숙한 소진의 샴푸냄새가 땀 냄새와 함께 코끝을 찔렀다. 그 완벽했던 여름날이 생각났다. 어쩌면 그 여름은 끝나지 않았을지도 모른다는 생각이 스멀스멀 피었다. 이 거리를 다시 메꿀 수도 있어. 소진은 여정에게 그 말을 하려고 온 것만 같았다. 종이 치자 소진은 아무 말도 없이 여정의 옆자리를 떠났다.

소진을 다시 마주하게 된 건 거의 학기가 마칠 무렵이었다. 경시대회는 끝났지만 여정은 같이 경시대회를 준비하던 친구들과 계속 함께 하교했다. 어느 날엔 소진이 늘 헤어지던 육교에 서 있었다. 여정은 소진을 발견하고는 맘이 쿵 내려앉았다. 여정이 인사를 해야 하나 고민하는 동안 소진이 먼저 인사를 건넸다.

"잠시, 시간 돼?"

소진은 낯선 사람에게 말을 걸 듯 조심스레 물었다. 여정은 친구들을 먼저 보내고 소진과 함께 걸었다. 소진은 여정을 불러 세운 것이 자신이 아닌 마냥 아무 말 없이 걷기만 했다. 여정은 아무 말도 꺼낼 수 없었다. 이대로 길은 끝나지 않을 것이고 여정과 소진은 끝없이 걸을 것이다. 여정은 그 긴 산책이 전부터 준비되어있었던 것처럼 태연하게 받아들였다. 그 침묵을 깬 것은 소진이었다.

"오늘 너네 집에 가면 안 돼?"

여정은 말문이 막혔다. 이런 날이 결국 올 줄 알았다. 여정은 끝나지 않는 길보다 자신의 집으로 향하는 길이 더 무서웠다. 그러나 거절할 순 없었다. 그 겨울의 소진의 집이 떠올랐기 때문이었다. 여정의 침묵이 거절이라고 느꼈는지 소진은 여정의 두 손을 마주 잡고 다시 물었다.

"오늘 너네 집에 가면 안 될까?"

여정은 더 이상 도망갈 구석이 없었다.

의외로 부모님은 소진을 반겼다. 여정이 자신의 집을 부끄럽게 생각했던 것과는 달리 부모님은 자신들이 일궈 낸 집에 자부심이 있었다. 더군다나 소진은 공부밖에 할 줄 모르는 딸이 처음으로 데리고 온 친구였다.

"올 줄 알았으면 맛있는 거라도 많이 했을 텐데."

평소보다 많은 가짓수의 반찬을 내놓은 여정의 엄마가 수줍게 말했다. 그 수줍음 속에서 딸의 친구에게 칭찬받고 싶은 엄마의 맘이 느껴졌다. 소진은 여정 엄마의 맘을 꿰뚫는 듯 평소보다 발랄하게 엄마의 음식을 칭찬했다. 엄마는 소진을 향해 흐뭇하게 미소 지었고, 다른 가족들도 소진을 신기하게 바라보았다. 여정은 자신의 가족들이 사람을 처음 본 동물원의 동물 같다고 생각했다. 여정은 아무 말 없이 밥을 먹었다.

"집에는 연락했니?"

여정의 엄마가 방에 이부자리를 펴주며 물었다. 소진은 벌써 연락드렸다고 대답했다. 소진이 하루 자고 가기로 한 덕분에 여정의 오빠는 거실에 잠자리를 폈다. 소진이 자신이 거실에서 자겠다고 했지만 여정의 엄마가 극구 말렸다. 여정은 이 모든 것이 남의 일인 것 마냥 아무 말도 하지 않았다. 자신이 소진의 집을 방문했던 겨울, 자신은 소진과 자신의 거리가 사라진 기분이었다면 소진이 자신의 집을 방문한 지금은 덜 떼어진 녹은 스티커가 끈적이며 달라붙은 것 같았다. 여정은 더 이상 소진과 자신의 치부를 공유하고 싶지 않았다.

모두 잠이 든 밤까지 소진은 아무 말도 꺼내지 않았다. 소진이 입을 굳게 다물수록 여정은 소진이 자신을 찾아온 이유가 궁금했고 동시에 걱정됐다. 소진이 오랜 무언의 시간을 깨고 여정의 집까지 찾아오는 것은 쉽지 않았을 것이다. 여정은 홀로 비밀을 이고 자신을 찾아온 소진이 짠했고, 한편으론 소진이 기댈 수 있는 사람이 여전히 자신이라는 사실에 안도했다. 이 안도감은 여정의 깊은 맘 속에 있던 어떤 실을 건드렸고, 소진이 입만 떼면 모든 실타래가 풀어져버릴 것만 같았다.

여정은 소진이 어떤 말이라도 꺼내길 기다렸다. 소진에게 시간이 필요하다면 자신의 모든 시간을 소진 앞에 늘어놓아줄 예정이었다. 어두운 하늘에 동이 트고 다시 어두워진대도 자신은 소진을 기다려줄 것이다. 여정은 다시 한 번 소진에게 책임감을 느꼈다. 소진은 누워서 아무 말이 없었다. 여정도 눈을 감았다.

"자?"

소진이 물었다. 여정은 아니, 하고 짧게 대답했다.

"있지, 나 있잖아."

소진이 입을 뗐다. 여정은 눈을 감은 채 소진의 다음 말을 기다렸다.

"나, 임신했어."

"…뭐?"

여정은 몸을 일으켜 세웠다. 눈을 감은 소진을 내려다 보았다. 무언가 굉장한 말을 들은 듯했다. 여정은 소진의 말을 되새겼다. 하지만 아무리 되새겨도 소진의 말이 이

해가 되지 않았다. 임신을? 소진이가? 누구랑?

"나, 임신 4주차래."

여정은 아무 대답하지 않았다. 소진이 다음 말을 해주기만을 기다렸다. 자신을 놀리는 것 같았다. 이 장난에 쉽게 속아줄 수는 없었다.

"어떡하지?"

한번 봇물이 터지자 소진의 말은 끊임없이 이어졌다. 상대는 담임선생님이었다. 여정의 손이 떨렸다. 거짓말, 여정의 말은 입 밖으로 내뱉어지지 못 한 채 입안을 계속 맴돌았다. 거짓말, 거짓말이지. 여정은 눈을 감고 있는 소진을 향해 소리 없이 외쳤다. 소진의 눈가에서 눈물이 또르르 흘렀다. 어쩌면 소진은 이 순간에 눈물 흘리는 것까지 예쁜 것인가. 여정은 혼란스러웠다. 소진은 외로웠다고 말했다. 항상 아무도 없었던 집, 그리고 소원해진 여정, 육상으로 대신하기에는 소진에게는 너무 큰 빈 자리였다고. 그 빈자리를 알아봐 준 것이 담임선생님이었다.

"그럼 선생님한테 얘기해봐야지."

떨리는 목소리로 여정이 말했다. 자신도 다른 방법이 없었다.

"지우래."

소진이 코를 훌쩍였다.

"나랑 같이 병원에 가주면 안 될까?"

여정은 소진의 손을 잡아주었다. 당장에 여정이 해줄 수 있는 행동이 없었다. 그러나 행동과는 다르게 여정의 심장은 조금씩 더 난폭하게 뛰기 시작했다. 이 모든 비밀이 자신을 파멸하기 위해 만들어진 세트 같았다. 소진은 자신에게 어떤 미움이 있었을 것이다. 그래서 자신을 공격하기 위해 이런 거짓말을 들고 온 것이다. 소진이 자신에게 이럴 순 없었다. 소진은 고맙다고 말하고는 훌쩍이다 잠이 들었다. 여정은 다시 누웠지만 잠에 들 수 없었다.

분명히 소진은 알았을 것이다. 여정은 그렇게 생각하며 자신에게서 등 돌린 채 누워있는 소진의 뒷모습을 보았다. 통통해서 허리는 찾아볼 수 없는 자신과는 달리 소진의 허리는 초승달처럼 쏙 들어가 있었다. 여정은 소진의 허리 곡선을 따라 쓰다듬고 싶었다. 분명 선생님도 소진의 허리를 보며 같은 생각을 했을 것이다. 자신이 가지지 못한 여성스러움, 여정은 강렬한 욕구를 느꼈다. 선생님의 손이 되어 소진의 허리를 쓸어내리는 모습을 상상했다. 소진의 허리의 부드러운 곡선이 손끝으로 느껴졌다. 여정은 자신의 볼이 상기되는 것을 느꼈다. 여정은 소진의 등에서 시선을 거두어 천장을 향해 돌아 누웠다.

분명히 소진이 몰랐을 리가 없다. 하지만 여정은 소진이 알았을 사실이 어떤 것인지 스스로도 헷갈렸다. 자신이 소진을 좋아하는 것? 아니면 자신이 선생님을 좋아했다는 것? 그 어느 쪽이어도 이런 선택을 한 소진을 용서할 수 없었다. 그러나 소진은 죄가 없었다. 오로지 소진을 좋아하게 된 자신의 잘못이었다. 그러나 여정은 자신이 아닌 소진을 용서할 수 없었다. 어느 이유에서라도 소진은 자신이 아닌 사람을 좋아해서는 안 됐다. 용서할 수 없다는 생각이 강하게 들자 여정의 눈가에 눈물이 고였다. 이렇게 우는 것은 너무나 뻔해 도리어 화가 났다. 여정에게는 그 어떤 것도 뻔하지 않았다.

좋아하던 두 사람을 모두 잃었다. 여정에게 이 문장이 낱자 하나하나 불에 지지듯이 새겨졌다. 두 사람을 모두 잃었다. 다신 어느 곳으로도 돌아갈 수 없을 것이다.

여정은 다시 돌아누워 잠든 척 하는 소진의 등을 바라

보았다.

내 모든 저변이 흔들리면 너는 나를 잡아줄 수 있어?

여정은 소진의 등을 향해 입 밖으로 꺼낼 수 없는 말을 외쳤다. 여정이 외친 말은 자꾸만 자신의 안으로 파고들었다. 자신의 절망을 나눌 수 없었다. 슬픔은 나누면 반이 된다는 건 결단코 사실이 아니다. 여정은 소진의 배가 된 절망을 함께 짊어 지었다. 여정에게 소진의 배에 자라고 있는 생명 같은 것은 아무것도 아니었다. 오히려 그 생명이 빨리 사라져버리기를, 그 둘 사이에 이어진 그 조그마한 흔적이 처음부터 없었던 것처럼 사라지기를 바랐다. 그래봤자 아무것도 되돌릴 수 없다는 것은 여정도 잘 알고 있었다.

여정이 눈을 떴을 때는 소진은 가고 없었다. 여정이 거실로 나가자 여정의 엄마는 소진이 아침 일찍 나갔다고 전해주었다. 여정은 지난밤의 일들이 모두 꿈처럼 느껴졌고, 꿈으로 남기기로 마음먹었다.

그러나 얼마 있지 않아 소진에게서 연락이 왔다. 병원명과 시간이 적힌 문자였다. 여정은 육교에서 소진을 다시 만났다. 소진은 담담해보였다. 소진은 언제나 그랬다.

어떤 어려움도 눈 밖에 내놓지 않는다. 소진은 여정을 향해 손을 크게 흔들어보였다. 겨울로 돌아간 것만 같았다. 여정은 소진과 버스를 타고 병원으로 향했다. 소진은 병원 가는 내내 여정의 손을 꼭 잡고 있었다. 여정이 어디론가 도망갈까 의심하는 사람처럼. 여정은 그런 소진에게서 손을 빼지도, 맞잡지도 않은 채 병원까지 왔다.

보호자 없이 수술을 진행하지 못 한다는 의사의 반대에 소진은 태연스레 담임선생님에게 전화를 걸었다. 담임선생님은 곧이라도 올 것처럼 능청스레 대답했고 의사는 툴툴대면서도 알겠다며 전화를 끊었다.

담임선생님은 오지 않을 것이다. 소진은 불신이 가득한 여정의 눈빛을 애처롭게 마주하며 여정의 손을 꼭 잡았다. 마치 곧 수술을 받는 사람이 여정인 것처럼. 소진은 수술복으로 갈아입고 침대에 누워 수술을 기다렸다. 여정은 침대에 누워 하얗게 질려있는 소진을 보니 불쌍하다가도 부러운 마음이 들었다. 소진은 모든 것을 가진 것에 대한 대가를 치루는 것이다. 여정은 그런 생각을 하는 자신이 끔찍했다. 수술에 들어가기 전, 소진은 여정에게 연신 고맙다고 인사했다. 소진의 작아진 모습이 보기 싫었다. 여정은 퉁명

스럽게 아니라고 대답했다.

소진이 수술하러 들어가고 병실에는 여정 혼자 남았다. 여정은 핸드폰을 꺼내 낙태에 대해 검색했다. 낙태 후 2주 정도 하혈한다는 말에 미간이 찌푸려졌다. 여정은 소진이 수술이 끝나고도 부모님을 속일 수 있을지 걱정되었다. 아무래도 담임선생님이 와야 했다. 그에게도 이 고통의 책임이 있었다. 여정은 소진의 핸드폰에서 담임선생님의 연락처를 금방 찾았다. 담임선생님의 이름 옆에는 하트가 붙어 있었다. 여정은 까맣게 꽉 찬 하트를 오래도록 내려다보았다. 까만 하트가 여정의 눈동자에서 일렁였다. 소진은 자신을 배신했기 때문에 벌을 받은 것이었다. 여정은 그대로 소진의 핸드폰을 침대 맡에 올려두고 병원을 나왔다.

여정은 버스를 타지 않고 뛰었다. 숨이 턱까지 차올랐다. 목에서 비릿하게 피맛이 느껴졌다. 그렇지만 뛰는 것을 멈추진 않았다. 여정의 머리칼은 소진의 머리처럼 찰랑찰랑 흔들리지 않았다. 여정의 짧은 머리칼이 얼굴에 들러붙었다. 얼굴부터 목, 등까지 땀에 젖기 시작했다. 속도는 점차 느려졌지만 달리기를 멈추지 않았다. 세상 누구보다 괴로운 표정으로, 곧 죽을 사람처럼 계속해 달렸다. 그러나 육교에 닿기도 전에 달리기를 멈췄다.

여정은 허리를 굽히고 무릎을 짚은 채 한없이 숨을 몰아쉬었다. 진공상태가 된 것 같았다. 아무 것도 자신을 끌어당기는 것이 없었다. 아무도 자신을 필요로 하지 않았다. 자신 혼자 둥둥 떠 있었다. 점차 숨이 돌아왔다. 여정의 온몸이 땀에 젖었다. 여정은 육교를 지나치지 않고 한참을 돌아 집에 도착했다. 땀에 푹 젖은 여정을 보고 여정의 엄마가 무슨 일이냐고 다그쳤지만 여정은 아무 대답도 하지 않고 방에 들어갔다.

개학할 때까지 소진에게서는 한 통의 연락도 오지 않았다. 어떤 원망도, 물음도, 애초에 모든 것이 없었던 일이었던 마냥 조용했다. 여정은 이후의 소진의 소식이 궁금했지만 연락할 수 없었다. 무서웠다. 자신의 배신이 어떤 결과를 가져왔을지 자신의 눈앞에 들이밀고 싶지 않았다. 등교시간이 한참 지나도 소진의 자리는 비어있었다. 담임선생님이 들어왔다. 방학동안 살이 쪽 빠진 듯했다. 눈 밑에는 죽은 아이의 그림자인양 검은 그림자가 짙었다. 담임선생님은 조례사항을 전달했다. 산후조리를 마친 원래의 담임선생님이 돌아올 것이라고, 그리고 마지막에서야 소진이 전학 갔다고 짧게 덧붙였다.

　조례를 마치고 나가기 전 담임 선생님과 여정의 눈이 마주쳤다. 담임선생님은 아무 말도 하지 않고 교실을 나갔다. 여정의 눈 아래에도 검은 그림자가 짙었다. 여정은 그것이 소진의 그림자라고 생각했다. 담임선생님이 나가자 아이들이 떠들어댔다.

기지개

양손을 마주 잡아 머리 위로 쭉 뻗어 올리자 '우드드
득'하고 척추의 뼈들이 제자리를 찾아가는 소리가 들렸
다. 월요일이 시작되었다는 신호탄이었다. 그대로 팔을
오른쪽으로 쭉, 왼쪽으로 쭉, 차례로 뻗고 나면 다리를
90도로 구부려 허리를 오른쪽으로 왼쪽으로 비틀었다.
앞으로의 의자 생활을 예견하듯 벌써부터 허리에 뻐근함
이 몰려왔다. 진탕 술을 마시고 해장국을 들이켜 마시듯
몸에 쌓인 게으름이 쭉 내려가는 기분이었다.

"다혜 씨는 온라인 홍보하는 것은 어떻게 되어가고 있

나?"

사장이 다시 한 번 기지개를 쭉 펴며 다혜 씨에게 물었
다. 다혜 씨 역시 잔뜩 찡그린 표정으로 팔을 쭉 펴다 말
고 대답했다.

"아, 지금 플랫폼 조사하고 있는 중이에요."

"아직도 플랫폼을 조사하고 있으면 좀 일정이 타이트
할 거 같은데."

"아니에요. 제가 계산해 봤는데, 오늘까지 플랫폼 조사
를 끝내고 기획안을 넘기면 일정 안에 세이프 하게 들어
갈 것 같아요."

"음, 그래요. 일단."

사장이 내 눈치를 한번 슬쩍 보며 대답했다. 다혜 씨를
채근하는 건 나의 몫이라는 뜻이었다. 나는 나를 보는 사
장의 눈길을 피해 허리를 다시 뒤틀었다. 준비운동이 끝
났으니, 체조를 시작해야 했다. 사장은 핸드폰으로 작게
체조 음악을 틀었다. 셋밖에 없는 옥상에 횅하니 체조 음
악이 흘렀다.

셋밖에 없는 소규모 스타트업에서 회의는 때에 따라
근근하게 있었고, 우리같이 영상을 전문으로 하는 업체는

그마저도 일이 몰리면 회의 없이 일을 진행하기 바빴다. 그러다 보니 셋이서도 진행이 다를 때가 많았고, 다 해놓고 보니 서로 다르게 알아먹어 수정하느라 일이 펑크 날 뻔한 적도 몇 번 있었다. 결국 그 일로 3D를 제작하던 직원이 그만두었다. 그는 큰 회사에서 촉망받던 인재였는데, 잦은 야근과 압박으로 심신이 지쳐 작은 회사를 찾다 여기까지 왔다고 했다. 아닌 게 아니라, 내 팔뚝만 한 허벅지를 가진 그는 그 힘든 업무들을 어떻게 버텨왔을지 궁금할 정도로 픽픽 쓰러져 자곤 했다. 어떨 때는 그가 있던 회사보다 야근이 많다며 고개를 젖히고 한동안 눈을 감고 있었다. 그러다가 어느 순간 번쩍 눈을 뜨고 그래픽을 빠른 속도로 착착 진행시켰다.

그가 떠나기 전 마지막 프로젝트에서 그는 담배를 입에 물고 체계가 없는 회사는 다니는 게 아니라고 내게 충고했다. 담배를 피우지 않는 나는 물끄러미 그의 담배가 타들어 가는 것을 보며 고개를 끄덕였다.

뭐, 그가 그렇게 말한다고 해서 내가 어떻게 다른 회사에 들어갈 수 있을까란 생각이 바뀌지는 않았다. 이제 와 감히 그런 도전은 생각도 해보지 않았다. 그렇다고 이 회

사가 나에게 충분한 급여를 제공하거나 아니면 내 일에
대한 충분한 보상, 그게 아니라면, 충분한 인정을 해준다
고 생각한 건 아니었다. 4년제 대학을 나왔고, 학교를 다
니던 시절에는 공모전에서 종종 당선되곤 했다. 이렇게
조그만 회사에 오는 것치고 나름 스펙이 있는 편이었다.

사실 대학교 마지막 학기에 연출했던 영화가 꽤 큰 공
모전에서 입상하면서 잠깐 영화를 하는 게 어떨까 생각
했다. 대학교를 졸업하고 아르바이트로 생활비를 벌면서
일 년 내내 시나리오를 썼다. 첫 장편이었지만 자신이 있
었다. 그렇게 쉽게 망하지 않을 것이라 생각했다.

일 년 동안 시나리오를 썼고, 또 일 년은 제작비를 벌
었다. 다행히 시나리오 지원금을 받아서 일 년을 아껴 쓴
돈과 합쳐 제작에 들어갈 수 있었다. 장편영화는 생각보
다 어려웠다. 고정적으로 스태프를 써야 했기에 단편영
화를 찍을 때처럼 알음알음 친구들에게 부탁하지 못했
다. 결국 인건비가 생각보다 많이 나갔고, 배우와의 관계
도 어려워졌다. 그렇게 장편영화는 내 마음대로 흘러가
지 않았고, 결국에는 원하는 완성도에서 훨씬 못 미치는
채로 조기 완성을 해야 했다.

그 뼈아픈 경험에도 불구하고 영화를 하겠다는 생각
은 없어지지 않았다. 연출부터 시작해야 한다는 선배
의 말을 바탕삼아, 선배의 영화사에 취직했다. 취직이라
기보단 단기 계약직과 같았는데, 그 일을 하면서 내가 장
편영화를 만들며 지급했던 인건비가 지나치게 순진했다
는 것을 알았다. 아르바이트비보다 적은 돈을 받으면서
도 그때는 꿈에 다가간다는 생각을 했던 것 같다.

그러나 그렇게 했던 영화도 큰 성과를 얻지 못했다. 어
영부영하다 보니 어느새 이십 대 후반이었고, 더 이상 영
화에 매달릴 순 없었다. 그래서 선택한 곳이 지금 회사였
다. 내 능력에 과하지도, 부족하지도 않은 직장이라고 생
각했지만, 체계적인 회사에 가라는 그의 말을 듣고 나니
왠지 손해 보고 있다는 기분이 들었다.

하지만 그것도 잠깐이었다. 안정적으로 꼬박꼬박 들
어오는 월급을 받고 있으면 어디 다른 곳으로 이직해서
다시 적응하는 일이 힘들게만 느껴졌다. 무엇보다도 스
타트업이고, 조금만 더 희생하면 나아질 거라는 기대가
있었다. 회사의 미래가 내 미래와 같진 않겠지만, 그래도
지금보다 나아지지 않을까, 하는 마음으로 버틴 게 벌써

3년이었다. 아무튼, 그가 나가고 나서 사장은 그렇게 고급 인력을 쓸 필요가 없다고, 어차피 그런 작업은 외주를 맡기면 된다고 말했다. 사장이 그 직원이 자신보다 더 많은 월급을 가져가고 있었다고 말할 때도 나는 사장의 타들어 가는 담배를 물끄러미 바라보고 있었다.

그리고 얼마 지나지 않아, 다혜 씨가 입사했다. 다혜 씨의 업무는 사전조사와 기획안 작성, 간단한 디자인 작업 등이었다. 사장은 다혜 씨를 뽑아놓고 나를 불러 득의양양하게 "내가 연정 씨 생각해서 연정 씨 작업을 도와줄 만한 사람을 뽑았어. 이제 일 좀 편해지겠어. 이런 사장이 어딨어?" 말하며 웃었다. 애초에 있어야 할 사람이었다고 대답을 하려다가 말고 그냥 사장을 따라 웃었다.

다혜 씨는 깐깐해 보이는 외모와는 달리 빈틈이 많았다. 열정은 넘쳤으나 너무 넘치는 나머지 늘 기한을 맞추지 못했고, 자신의 담당 부분에만 빠져 있어 전체적인 일의 진행사항을 체크하지 않았다. 회의를 할 때는 자꾸 핸드폰을 확인했다. 남에게 쓴소리는 하지 못한다고 주장하는 사장은 다혜 씨에게 여러 번 완곡하게 주의를 주었으나, 다혜 씨는 웃으며 핸드폰을 집어넣었다가 다음 회의 때 또 다시 반복했다.

거기서 아침 체조 회의가 시작되었다. 어느 날, 사장은 플랭크를 하면서 회의를 하면 시간이 단축되고 집중력이 향상된다는 인터넷 글을 읽었다고 했다. 그러고는 이제부터 무조건 월요일 회의 시간에는 옥상에서 체조를 하며 회의를 하겠다고 말했다. 이 어이없는 계획에 내가 반대의 의견을 표하기도 전에 "좋아요!" 하는 높은 음성이 들렸다. 그때 나는 처음으로 다른 회사를 다니는 것을 생각해 본 것 같다.

그러나 생각 외로 월요일 체조 회의는 할 만 했다. 미세먼지 주의보가 내려진 날에도 미세먼지를 폐 속에 가득 품으며 회의를 했다. 실로 건강은 나빠지고 있었겠지만, 사무실 밖에서 몸을 쭉쭉 펴내는 것만 해도 좀 살아나는 기분이었다.

"연정 씨, 그 마약 베개 영상은 마무리됐나?"

"그거는 오늘 중으로 1차 완성본 전송해 주기로 했고요. 컷 편집은 끝났고, 자막이랑 후작업하고 있습니다."

"그렇군. 그 말이야. 우리도 유-튜브 해보는 게 어떨까?"

"유튜브요?"

"요즘 회사들도 유튜브로 자기 회사 홍보를 많이 하더라고."

셋밖에 없는 회사에서 유튜브라니.

"좋아요!"

또 다혜 씨의 신난 음성이 들렸고, 어느새 사장의 시선은 다혜 씨에게 향했다.

"그럼, 이 건은 다혜 씨가 진행해 볼까?"

*

역시 사람은 간사했다. 사무실에 들어와 따뜻한 기운에 몸이 녹으니 또 사무실만 한 곳이 없다는 생각이 들었다. 컴퓨터가 부팅되길 기다리며 다혜 씨 쪽을 슬쩍 보았다. 아직 컴퓨터를 켜지도 않고 핸드폰만 보고 있었다. 이대로는 오늘 내로 기획안을 넘겨줄 수 있을지 미지수였다. 그렇지만 꼰대처럼 다혜 씨를 쪼고 싶진 않았다. 그냥 다혜 씨 쪽을 보지 말자, 그게 내 결론이었다. 컴퓨터가 부팅되고 푸른 바다의 바탕 사진이 떴다. 겨울에 보는 한여름의 바다는 계절을 더 또렷이 인식하게 한다. 금방 크리스마스가 다가온다. 성현과 무얼 하며 보낼까를 생각하면 괜히 기분이 들떴다. 한 달이나 남은 크리스마스였고, 매일같이 보는 성현였지만, 그렇게 또 특별한 날들을 함께 만들어 가는 것은 여전히 설레고 즐거운 일이었다. 바다를 보며 크리스마스를 떠올리는 기이함 속에 기분이 나아졌다. 편집 프로그램 실행했다. 짙은 회색빛 화면이 뜨자마자 카톡 알림창이 떴다. 다혜 씨였다.

- 대리님, 이거 보세요. ㅋㅋㅋ

다혜 씨는 유튜브 url을 보내왔다. 다혜 씨 쪽을 쳐다보자 아직도 켜지지 않은 컴퓨터 앞에서 미소를 지은 채 핸드폰을 보고 있는 다혜 씨가 보였다. 분명 다른 친구들에게도 똑같은 url을 돌리고 있을 것이다. 정말 아랫사람에게 잔소리나 하는 꼰대가 되고 싶지 않았는데, 다혜 씨에게는 어느 정도 말을 해주는 것이 다혜 씨를 위한 일인 것 같았다. 나뿐만 아니라 사장에게까지 미움받을 수는 없는 일이니까. 나는 url을 클릭하는 대신 답장을 썼다.

- 다혜 씨, 일단 컴퓨터부터 켜는 게 어때요? :)

최대한 꼰대 같지 않도록 웃음 표시를 붙였다. 답장

을 한 후, 다혜 씨 표정을 살폈다. 답장을 확인한 다혜 씨와 눈이 마주치자 다혜 씨는 헤실 웃어보이곤 컴퓨터 전원을 켰다. 위이잉- 하고 컴퓨터가 돌아가는 소리가 들렸다. 이제 다혜 씨도 일할 시간이었다.

다혜 씨는 전문대를 졸업하자마자 이 회사에 취직했다. 집과 가장 가까운 곳이란 이유에서였다. 저 나이 때는 어떻게 저렇게 큰 결정을 쉬이도 내리는 걸까. 나이의 이점인 걸까, 아니면 다혜 씨의 성격 덕인 걸까. 아무래도 결국 후자 같았다. 나였다면 고작 그런 이유로 회사를 결정하지 않았을 거니까.

가까워서 선택한 것 치고는 다혜 씨는 한 번도 회사에 일찍 출근한 적이 없었다. 일이 가장 쌓여 있을 때에도 정각 9시에 들어왔다. 그럴 때면 바로 컴퓨터라도 켜주면 좋겠는데, 저렇게 핸드폰 보는 것으로 십여분을 소요한 후에야 컴퓨터를 켰다. 그렇다고 일을 바로 하는 건지도 모르겠다.

다혜 씨가 컴퓨터를 켜는 것을 확인하고야 나는 내 화면으로 돌아왔다. 마약베개 영상이었다. 마약베개 사이에 계란을 넣고 사람이 그 위를 밟아 섰다. 사람이 다시 내려오고 나서 마약베개를 들춰보면 깨지지 않은 계란이 보인다. 그리고 사람은 바로 망치로 계란을 깬다. 삶은 계란이 아니라는 것을 보여주는 것이다. 사실 이런 영상들은 컷 편집할 것도 없었다. 컷이 끊이지 않고 계속 이어지는 것이 이 영상의 사실성을 담보해 주기 때문이었다. 사람들은 눈에 보이는 것만 믿었다. 그 앞과 뒤에 어떤 사실이 놓여 있는지는 의심하지 않았다. 지금 당장 내 눈앞에서 일어나는 것이 곧 진실이며 사실이었다.

계란이 깨지지 않는 것이 좋은 베개를 의미하는 것인가에 대해서는 아무도 질문하지 않았다. 이런 영상을 올릴 때면 대부분이 '오, 신기해.', '이거 사줄까?' 와 같은 의미 없는 댓글들이었다. 대부분 그렇게 댓글 단 사람들은 물건을 사지 않는다는 것을 나와 친구들의 경험을 통해 잘 알았다. 그러나 그렇게 영상을 올려놓으면 판매율이 높아졌다. 사람들도 왠지 이 신기한 영상이 제품의 자질을 인증해 주는 것처럼 생각했다.

이 베개가 어떤 이유에서 목을 편하게 하는지, 어떤 실험을 했고, 어떤 기관에서 인증을 받았는지 따위는 관심 없었다. 영상이 말하는 대로 사람들은 믿었고, 생각했다.

그렇기 때문에 우리가 하는 영상이 점점 더 인기가 많아질 수밖에 없었다. 영화를 공부했으니까 이런 영상의 기획하는 것은 일도 아니었다. 진실에 다가가는 것이 영화라고 배웠지마는 그것을 최대한 감추는 방법론만이 내게 남아있었다. 나는 매번 사람들이 원하는 부분만을 오리고 잘라서 보여주었다. 그것이 정말로 진실인가는 상관없었다. 맥락을 자르고 나면 그 순간만은 진실이었으므로. 나는 거짓말하는 것이 아니었다.

이번 컷에서는 마약 베개 위에 계란을 떨어뜨렸다. 계란이 살아있었다. 계란이 데굴 굴러 바닥에 떨어지자 진득한 속이 터져 나왔다. 이 정도로 완벽한 시나리오는 없었다. 단순하게 컷을 잘라 붙이고 투박한 자막을 넣었다. 디자인이 없을수록 사람들은 더 집중했다. '당신의 편안한 잠자리를 보장하는 마약 베개'하고 자막을 넣다가 지우고는 '꿀잠 보장 강추템!'이라고 바꿔 썼다. 오히려 이렇게 신뢰가 가지 않는 언어들을 사람들은 신뢰했다.

*

"그래서, 마약 베개 영상은 잘 되어가?"

성현이 프라이팬에 버터를 두르며 물었다. 치익- 하는 소리와 함께 금방 버터가 녹아드는 냄새가 났다.

"잘 되어갈 게 뭐 있겠어. 늘 똑같지, 뭐."

테이블 위에 널려진 책과 노트북을 치우며 대답했다. 성현이 소금과 후추로 간을 해놓은 고깃덩이를 프라이팬에 올렸다. 이내 프라이팬에서는 흰 연기가 자욱하게 올라왔다. 나는 성현과 나의 사이에 놓인 중문을 닫으며 말했다.

"오늘 갑자기 사장이 유튜브를 하겠다잖아."

"뭐? 잘 안 들려."

중문 유리로 보이는 성현은 고기가 피워내는 연기 속에서 열심히 고기를 뒤집고 있었다. 고기의 기름에 통마늘을 넣고 함께 구우며 스푼으로는 녹은 기름을 다시 고기에 열심히 끼얹었었다. 스테이크는 라면을 제외하고 성현이 유일하게 할 수 있는 요리였다. 처음 맞은 기념일부터 지금까지 성현은 무슨 '데이'만 되면 스테이크를 구워주었다. 실제로 날로 실력이 늘어 스테이크만은 어느 레스토랑과 견줄 만했다.

얼마 지나지 않아 성현이 구워온 고기가 먹음직스럽게 나무 접시 위에 올라왔다. 성현은 유튜브에서 본 대로 마이야르인지 마야미르인지를 해야 한다고 접시 위의 고기를 자르지 않고 기다렸다. 성현이 자주 보는 유튜브에 따르면 고기를 맛있게 먹으려면, 자르기 전에 고기를 레스팅(RESTING) 해야 한다는 것이었다. 이미 죽은 자의 살점을 먹는데 휴식 시간까지 주어야 하냐며 투덜대는 내게 성현은 너는 뭘 모른다는 핀잔을 주며 고집스레 시간을 재었다. 나는 그런 성현 옆에서 콜라 잔에 맺힌 물기가 도르륵 떨어지는 것을 보고 있었다.

연애를 한 지는 고작 2년밖에 안 되었지만, 성현을 알고 지낸 지는 7년이 넘었다. 신입생으로 학회에 가입한 성현이 교포란 걸 알았을 때 잠깐 놀라긴 했지만, 그뿐이었다. 성현과 다시 만난 건 졸업하고 한참 뒤였다. 우연히 같은 촬영장에 스탭으로 참여하게 된 덕분이었다. 대학교와 다름없는 여전한 성현의 모습에 없었던 친밀감이 느껴졌다. 촬영을 핑계로 연락을 주고받다 얼마 지나지 않아 연애를 시작했다.

처음부터 사람들은 신실한 종교인인 성현과 자유란 단

어를 몸소 표현하는 나의 조합을 신기하게 여겼다. 그가 나와 다투는 날마다 기도하러 간다는 것을 알기 전까지는 나도 성현의 신앙에 대해서 신경쓰지 않았다. 성현의 화해는 위에서 아래로의 용서와 같다는 걸 뒤늦게 알았지만, 촘촘히 세워진 성현의 탑을 보며 더 다툼을 만들고 싶진 않았다.

등가죽이 뱃가죽에 붙기 직전에 드디어 성현이 고기를 썰어주었다. 물론 성현은 고기를 자르기 전에 짧게 기도를 드리는 것을 잊지 않았다. 붉은 육즙이 담긴 고기의 표면이 보였다. 성현은 막 자른 고기를 내 입 안에 넣어주고는 내 의견을 기다렸다. 나는 눈을 휘둥그레 뜨며 엄지손가락을 치켜들었다. 그제서야 만족한 표정의 성현이 자신의 몫의 고기를 잘라 입에 넣었다.

고기의 육즙과 함께 낮에 들이마신 먼지가 목구멍을 타고 내려가는 기분이 들었다. 짓이겨진 고기도 목구멍으로 넘어갔다. 고기를 한 입 더 먹기 위해서 크게 입을 벌렸다. 먹음직스러운 고기가 다시 한번 입안에 들어와 육즙을 터뜨렸다. 맛에 대해 한 번 더 감탄하려는 순간 휴대폰 진동이 울렸다.

- 대리님. 바쁘세요?

다혜 씨였다. 다혜 씨는 결국 오늘 내로 플랫폼 분석을 끝내지 못했고, 야근하겠다며 회사에 남아있었다. 퇴근 후에는 서로 연락 한번 한 적이 없었는데, 다혜 씨의 갑작스러운 문자에 혹시 문제라도 생긴 게 아닐까 하는 걱정이 번졌다. 전화를 걸려다가 말고 답장을 보냈다. 얼마 전 본 기사에서 요즘 MZ들은 문자로 소통하는 것을 선호한다는 말이 문득 생각났기 때문이었다.

- 아니요. 무슨 일 있어요?

- 유튜브 말이에요. 제가 출연하는 거 어떻게 생각하세요?

애초에 할 말을 적어놓았는지, 내 답장이 가자마자 다혜 씨의 답장이 도착했다. 다혜 씨는 그 말 뒤에 자신의 셀카를 몇 장 전송했다. 진동이 위잉, 위잉 연달아 울리자 성현이 관심을 가졌다.

"바쁜 일이야?"

"아니."

나는 핸드폰 화면을 껐다. 그 이후에도 진동이 몇 번 울렸지만, 확인하지 않았다. 대신 나는 노트북을 열어 성현에게 편집하던 마약 베개 영상을 보여주었다. 유심히 화면을 보던 성현은 영상이 끝나자 고개를 갸웃거렸다.

"여기 조명은 왜 저렇게 쳤어?"

성현의 손끝에는 빛에 하얗게 날아가 버린 벽이 보였다. 성현은 고기를 씹다 말고 저런 상황에서는 어떻게 조명을 쳐야 하는지 알려주기 시작했다. 벽을 날리지 않기 위해, 영상의 퀄리티를 지키기 위해, 그런 말들을 말의 시작마다 반복했다. 성현의 말 사이마다 짓이겨지는 고깃덩어리가 보였다. 나는 성현에게서 눈을 거둬 식탁 아래의 핸드폰 화면을 바라봤다. 다혜씨의 사진 아래로 이모티콘 몇 개가 물음표를 띄우며 고개를 갸웃거리고 있었다.

"유튜브도 아니고."

성현은 말을 마치고 다시 고기를 입에 넣었다. 고기 속에 가득 고였던 육즙들은 어느새 접시에 가득 깔리고 성현은 고무처럼 질겨진 고기를 입 안에 넣고 질겅질겅 씹었다. 화면 속에는 깨진 계란이 진득하게 퍼져있었다. 나는 진실을 보증하는 것은 저런 날 것에 가까운 투박함이라는 말을 삼켰다.

나는 대답 대신 물을 가지러 가겠다며 일어나 기지개를 켰다. 우드드득. 뼈가 제자리로 돌아가는 소리가 났다. 냉장고를 열자 텅 빈 냉장고에서 무언가 상한 냄새가 났다. 물을 꺼내고 냉장고 문을 닫았다.

성현은 할 말이 남았는지, 마약 베개 영상을 다시 재생해서 보고 있었다. 물컵을 들고 성현의 옆자리에 앉았다. 성현은 화면에서 눈을 떼지 않은 채, 스페이스 바로 화면을 정지시켰다가 다시 재생시키기를 반복하며 고개를 갸웃했다.

화면 속에선 날 것의 계란이 깨지고 또 깨졌다. 성현은 그 부분은 계속 다시 돌려봤다. 그의 옆모습을 보니 학창시절 편집실 컴퓨터 앞에서 며칠 밤을 새던 그가 기억났다. 한 번 꽂히면 자기 맘에 들때까지 고치고 또 고치는 그의 집념은 결국 좋은 작품으로 보답받곤 했었다. 그러나 뭐 그거도 영화일 때 이야기고.

나는 자리로 돌아가 고개를 갸웃하는 다혜 씨의 이모티콘 아래로 답장을 보냈다.

- 그래요, 하고 싶은 대로 해봐요.

다혜 씨는 기다렸다는 듯 만세를 부르는 이모티콘을

보내왔다. 계란이 다시 한번 깨졌다.

"나는 네가 그냥 영화를 계속 했으면 좋겠어."

성현이 영상을 멈추고는 나를 바라봤다. 영화, 정말 입 속의 단맛 같은 단어였다. 나의 영화는 혼잣말과 다를 바 없었다. 봐주지 않는 것을 아무리 해봤자 아무것도 전해지지 않았다. 그게 내가 영화를 관둔 이유였다. 쓸모가 없을 것들에 애정을 주는 일은 너무나도 무용했다. 전혀 소용 없는 짓을 하는 것은 '어린' 어른의 특권이다. 이제 그런 것에 무의미한 희망을 걸기엔 나이가 너무 많았다.

"영화가 뭐라고. 밥도 돈도 안 되는거."

영화, 그런 꿈 같은 단어, 나는 더 이상 그런 말에 휘둘리지 않았다. 웃음을 띠며 자조적인 농담을 건넸다. 성현은 나를 잠깐 바라보더니 입을 꾹 다물었다. 무표정일 때 날카로운 성현의 눈은 가끔 마음을 서늘하게 만들었다.

"노력도 안 해봤잖아."

"노력한다고 되는 거면 다들 하고 싶은 거 하게?"

성현은 언제나 노력이면 다 된다고 생각했다. 그의 안일한 생각은 언제나 내 발밑을 깎아내렸다.

"그럼 너는 대체 뭘 위해 사는 건데?"

이어진 그의 질문에 말문이 막혔다. 내가 사랑한 그의 다정함이 그의 순진한 성품에서 나왔단 걸 알고 있었지만 그의 순진은 때때로 무지에서 나왔고, 악의 없(다고 믿)는 그 순진은 나를 재단했다. 나의 맥락은 가위질당했고, 내 선택은 언제나 성현의 판단의 근거가 되었다.

"돈이 아니라 가치를 봐야지."

가치. 나는 헛웃음을 내뱉었다. 가치라니, 참 손 쉬운 말이었다. 성현의 표정이 더 굳어갔다. 그는 잘 다니던 회사를 그만두고 사역단체에 들어갔다. 뭐하는 곳인지는 알 수 없었지만, 그는 늘 전보다 더 가치가 있는 일을 한다고 말했다.

나는 언제나 그의 순진이 두려웠다. 동화 같은 신을 믿고, 그 신에게 모든 것을 맡기는 그의 맥락 없는 순종이 두려웠다. 그와 다툴때면, O와 X밖에 없는 그의 납작한 세상에 함께 눌려가는 기분이 들었다.

"나는 네가 하고 싶은 걸 했으면 좋겠어."

성현의 그 납작한 세상은 그의 신으로부터 시작되었다. 그의 신은 세상을 둘로 나누는 신이었으며, 아무도 의문을 제기해서는 안 되는 신이었다. 성현은 그를 충실히

따랐고, 덕분에 나는 언제나 X의 자리에 서 있는 사람이 되곤 했다.

"사람이 늘 하고 싶은 것만 할 수는 없는 거야."

한숨을 내쉬는 성현에게서 시선을 거두어 멈춰있는 영상을 바라보았다. 흘러나온 채로 굳어있는 노른자에서 아까 냉장고에서 맡은 상한 냄새가 날 것만 같았다.

성현은 대화를 포기한 듯 내게서 시선을 거두고 자신의 핸드폰을 집어 들었다. 그의 배경화면에 크게 그려진 십자가를 보자 울렁거림이 더 심하게 느껴졌다.

나에게 신은 그저 성현이 믿는 존재였고, 내 세상에는 없는 존재였다. 그 간극은 우리 사이를 위태롭게 한 적이 없었는데, 모든 것은 한순간에 무너지기도 했다..

*

머리 위로 손을 쭉 뻗던 사장이 인상을 찌푸리고는 내쪽으로 시선을 돌렸다. 다혜 씨가 황급히 말을 붙였다.

"대리님도 좋다고 하셨어요! 제가 어제 여쭤봤거든요."

기세등등하게 이야기하는 다혜 씨를 보니 이마에 손을 짚고 싶었다.

"다혜 씨가 해보고 싶다고도 하고, 어차피 자체에서 제작하면 비용도 절감되니까."

"출연료는 안 받을게요!"

해맑은 다혜 씨의 말에 사장은 고개를 좌우로 꺾어 두둑 소리 내고는 나와 다혜 씨를 번갈아 쳐다봤다.

"일단 해봐. 거, 돈 안 들게."

"네!"

다혜 씨는 사장의 마지못한 허락이 기쁜지 얼굴에 미소를 가득 머금었다. 사장의 '돈 안 들게' 하라는 말은 알아서 해보고 때려치우라는 말의 돌림이라는 것을 다혜 씨는 알지 못했다. 아무리 퀄리티가 좋지 않은 영상이라고 해도 카메라 대여비에 촬영 소품들, 장소대관료 등을 계산하면 절대로 한 푼도 들지 않을 수 없었다. 결국 제작을 하려면 사비를 투자해야 한다는 것인데, 그저 신이 난 다혜 씨에게 잘 말해줘야 하나 고민하다가 금세 관뒀다. 자신의 일을 스스로 해내어야 다음 단계로 나갈 수 있는 것이지. 그런 꼰대 같은 생각을 하며 자리에 앉았다.

다혜 씨는 회의가 끝나자마자 자리에 앉아 컴퓨터를 켰다. 빈 문서에 글자를 썼다 지우기를 수십 번 반복했다. 조용하던 사무실에 간헐적인 사장의 마우스 클릭 소리와 다혜 씨의 키보드 소리가 타닥타닥 울렸다. 내 화면 속 프리미어에는 어제 성현이 보다만 부분에서 클립이 멈춰 있었다. 한 프레임씩 방향키로 넘길 때마다 손가락 끝에 계란 흰자가 진득이 딸려 오는 것 같았다.

옆자리에서 다혜 씨의 콧노래가 들렸다. 이어폰을 끼고 영상을 재생시키자, 띠용, 때용 같은 효과음들이 귀를 파고들었다. 계란이 베개에서 굴러떨어지곤 따란, 하는 효과음이 울렸다. 굴러떨어지는 계란이 실패한 서커스처럼 보였다.

편집한 파일이 영상으로 변환되는 동안 기지개를 켜며 다혜 씨의 화면을 슬쩍 봤다. 인터넷 창이 수없이 켜져 있었고, 창을 오고 가며 무언가를 기록하고 있었다. 여전히 콧노래를 부르고 있는 걸 보니 무언가 마음대로 잘 되어가고 있는 모양이었다. 실패를 담보한 시도겠지만, 본인이 즐겁다면 잠시라도 저대로 둬도 되지 않을까 싶었다. 어차피 오늘 다혜 씨에게 떨어질 몫의 일은 없었고, 어차피 할 수 없는 일이란 걸 스스로 알게 될 것이었다.

점심시간이 되자 사장은 지체 없이 코트를 챙겨 밖으로 나갔다. 나 역시 밥맛이 없다는 다혜 씨를 두고 밥을 먹으러 나가려는데 다혜 씨가 나를 붙잡았다.

"대리님, 책상 좀만 정리해 주시고 가시면 안 될까요? 영상 좀 찍으려고요. 아님 제가 치워 드릴까요?"

눈을 빛내며 묻는 다혜 씨의 말에 챙겨 들었던 지갑을 내려놓고 책상 위에 어지러이 널려진 용품들을 그러모아 서랍 속에 다 밀어 넣었다. 그러고 나니 책상에는 회사에서 지급한 모니터와 키보드, 마우스밖에 남지 않았다. 꼭 퇴사를 앞둔 사람처럼 말끔해진 책상을 보니 기분이 이상했다.

고맙다고 말하는 다혜 씨 뒤로 온통 분홍색 고양이로 도배된 파티션이 보였다. 책상 위에는 회사에서 지급한 키보드와 마우스는 어디에 감췄는지 보이지 않았고, 분홍색 키보드와 마우스가 놓여있었다. 그 외에도 분홍색 바탕의 달력과 가지런히 놓인 색색의 펜들이 있었다.

"대리님 영화 공부하셨다면서요."

지갑을 다시 집어 드는 데 다혜 씨가 말을 걸었다.

"왜 영화 계속 안 하셨어요? 잘하셨다면서요."

"글쎄, 먹고 살아야 해서? 하하."

어색한 웃음을 지으며 다혜 씨에게서 고개를 돌렸다. 언젠가 사장이 술에 취해 영화계의 인재니, 뭐니 하는 얘기를 한 적이 있었다. 그저 흘려듣고 말았는데 다혜 씨가 그 말을 기억하고 있다니 얼굴이 화끈거렸다. 다혜 씨가 들뜬 얼굴로 말을 이으려고 했지만, 다혜 씨에게 고개만 까닥하고는 지갑을 챙겨서 밖으로 나왔다. 때로는 순수함은 공격적이기도 했다. 다혜 씨의 물음이 계속 머릿속에 맴돌았다. 고개를 세차게 저었다.

밖으로 나오자 쌀쌀한 공기가 폐 속 가득 들어왔다. 따뜻한 국물이 생각났다. 뜨끈뜨끈하게 속을 데우며 이 엉킨 것 같은 기분도 떨쳐내고 싶었다. 마침 회사 근처에 줄 서서 먹는 우동 가게가 생각났다. 다른 회사보다 점심시간이 늦었기에 지금은 사람이 별로 없을 테였다. 우동 가게에 도착하자 창 안으로 급하게 면을 삼키는 사장의 모습이 보였다.

발걸음을 돌려 회사 바로 앞에 있는 샌드위치 가게로 향했다. 샌드위치 하나를 우물거리며 먹다 샌드위치 하나를 더 포장했다. 입맛이 없다고는 했지만, 곧 다혜 씨도 배고

파질 것이었다. 다혜 씨가 배고프다고 징징대기 전에 샌드
위치를 입에 물려줘야겠다고 생각하며 눈앞의 샌드위치를
크게 한 입 베어 물었다.

까끌한 호밀빵이 입천장을 긁었다. 샌드위치 속 닭고기
가 입 안에서 잘게 잘게 씹혔다. 핸드폰이 울렸다. 화면에
는 오므라이스 위에 올린 노란 계란 덩어리를 칼로 잘라 펼
치는 성현의 모습이 보였다. 성현은 다음에 같이 오자는 말
을 덧붙였다. 질척하게 터지는 계란 속을 보니 다시 속이
울렁거렸다.

사무실에 돌아오니 다혜 씨가 셀카봉을 들고 조잘조잘
이야기하며 사무실을 돌아다니고 있었다. 어느새 정리했는
지 엉망으로 쌓여있던 서류 더미들이 가지런히 놓여 있었
다. 문 앞에서 더 들어가지 못하고 서 있는 나를 발견한 다
혜 씨가 들어오라고 손짓했다. 다혜 씨는 녹화를 끄고는 나
에게 자신이 점심시간에 찍은 영상들을 보여주기 시작했
다.

다혜씨의 얼굴을 중심으로 사무실 곳곳이 소개되었다.
화면은 때때로 심하게 흔들렸고, 조명이 다른 곳에서는 잠
시 화면이 하얗게 밝아졌다가 돌아왔다. 당연히 구도는 말

할 것도 없었다. 때로는 화면이 기울어져 있었고, 피사체의 머리 위에도 공간이 없었다.

해맑은 표정으로 자신의 영상에 대해 설명하는 다혜 씨 뒤로 무채색의 내 자리가 배경처럼 보였다. 영상 재생이 끝나고 나를 향해 눈을 빛내는 다혜 씨에게 수고했다는 한마디밖에 할 수 없었다. 다혜 씨는 그 대답이 만족스러웠는지 편집을 하겠다며 부산스럽게 자리에 앉았다. 손에 든 봉지에서 샌드위치 냄새가 올라왔다. 샌드위치를 책상 위에 두고 자리에 앉아 컴퓨터 화면을 켰다.

화면 속에는 변환이 끝난 마약 베개 영상이 보였다. 나는 두 손을 쭉 뻗어 기지개를 폈다. 다시 일을 할 시간이었다.

불행의 지연

늦은 졸업이었다. 손가락으로 졸업명단 속 이름을 주욱 훑어 내리다가 윤의 이름에서 멈췄다. 윤은 졸업명단에 함께 올라와 있는 유일한 동기였다. 동기라고 해도 윤과 나는 딱히 교류가 없어 데면데면하게 인사나 하는 사이였고, 그마저도 윤이 군복학한 후에는 어색해져 그만두었다. 그래도 함께 늦은 졸업이라 반가운 맘에 인사라도 하려 했지만, 졸업식 내내 윤은 눈에 띄지 않았다.

윤을 마주친 건 졸업가운을 반납하러 갔을 때였다. 윤

은 졸업가운도 입지 않은 채 콧방울 아래까지 붉은 목도
리를 둘둘 감고 있었다. 어색하게 인사를 건네는 내게 윤
은 시험 때문에 늦었다고 대답했다. 붉은 목도리로 반쯤
가려진 윤의 얼굴에서는 어떤 표정도 드러나지 않았다.

　윤의 건조한 눈가를 보니, 괜한 말들이 쏟아져 나왔다.
식이 너무 길었다든가, 안 오길 잘 했다든가, 대답조차 무
안한 말들만 반복했다. 윤은 그런 나를 멀뚱히 바라만 보
았다. 나는 괜히 어색해져 바보처럼 혼자 아아, 하고 긴 연
결음만 내뱉다 들고 있던 꽃다발을 윤에게 건넸다. 졸업
축하한다는 인사에 둥글게 휘어지는 윤의 눈을 보자 마음
한구석이 허물어지는 것 같았다.

　누가 먼저 연애하자 말할 것도 없이 윤과 나는 같은 독
서실을 끊고 같이 공부를 시작했다. 윤은 졸업 전부터 매
분기마다 공채시험을 보고 있었다. 윤의 공부량을 따라
가기 위해서 며칠이고 밤을 새어봤지만, 오랫동안 공부로
다져진 윤을 따라잡기는 무리였다.

　금세 지치는 나와 달리 한 번 자리에 앉으면 끝을 볼
때까지 앉아 있는 윤이 멋있었고, 동경했다. 지나고 나서
야 윤은 그때 나에게 잘 보이고 싶던 마음에 열심히 공부

했다고 고백했다. 우리는 그렇게 같이 공부하는 틈틈이 연애했고, 윤은 이듬해 공채에 합격했다.

"결혼하자."

합격 발표를 들은 다음 날, 윤은 멋들어진 이벤트도 없이 밥을 먹다가 툭, 그렇게 내뱉었다. 취준생이었던 나는 그 소박한 고백조차 받아들일 여력이 없었다. 생각해보겠다는 애매모호한 나의 대답에도 윤은 결혼이 결정되었다고 받아들였다.

윤은 정확히 열흘을 쉬고 출근을 했다. 그 열흘 동안 윤은 못 만났던 친구들을 만나느라 바빴다. 윤은 매번 독서실에 남는 내게 미안해했지만, 그렇다고 그의 삶을 포기하진 않았다. 나는 창 하나 없이 스탠드 불빛에만 의존하는 깜깜한 방안에서 윤이 쟁취한 성공의 그늘을 즐겼다. 그의 성공이 마냥 기쁘지만 않다는 사실이 그 그늘을 더 짙게 만들었다. 윤이라면 그러지 않았을 텐데. 윤과 나의 차이는 조금씩 더 뚜렷해지는 것만 같았다.

그 열흘이 윤에게 마지막 휴가였던 것처럼 회사에 들어가자마자 윤은 눈코 뜰 새 없이 바빠졌다. 신입 연수를 간다고 몇 박 며칠을 떠나있기도 했고, 야근하는 날이면 집에 가 자기 바빴다. 함께 공부할 때처럼 매일 얼굴을 보는 것을 기대하진 않았지만, 한 달에 윤을 보는 것은 두세 번 정도밖에 되지 않았다. 미안해하던 윤도 어느새 드문 만남을 일상처럼 받아들였다. 윤은 완벽하게 나에게서 회사로 소속을 옮겼고, 그 시차는 오로지 내 몫이 되었다.

내 어둠 속의 생활은 바빠지지도, 밝아지지도 않았다. 이제 조금은 익숙해져 가는 탈락의 메시지를 보며 매일 적성검사 문제를 다시 풀고 풀었다. 너덜너덜해진 문제집이 흡사 내 맘의 일부라도 되는 듯 밥을 먹을 때나 잠시 쉬러 나갈 때까지도 품에 안고 다녔다.

먹던 반찬을 문제집에 흘려 닦을 때마다 다 그만두고 어디 여행이나 다녀오고 싶었다. 언제 한 번 윤에게 요즘 일본행 비행기 푯값이 싸다고 말한 적이 있었다. 윤은 심드렁하게 그러냐고 반문하고는 방사능 때문에 일본이 얼마나 위험한지에 대해 구구절절한 사족을 붙였다. 그럴 때 보면 윤은 꼭 나에게 반대하기 위해 태어난 사람 같았다. 내가 하는 모든 말들의 꼬리를 잡아 끌어내리는 사람, 나의 모자란 부분을 비춰주기 위해 빛을 내는 사람, 뭐 그

런 것 말이다. 그렇다고 윤의 마음을 모르는 건 아니었
다. 아무래도 신입사원 주제에 갑자기 연차를 턱, 쓸 수
는 없는 것이다. 같이 가지 못하는 미안함에 괜히 이 말,
저 말 늘어놓았겠지.

그렇게 생각하다보면, 사실 윤보다 더 문제인 것은 나
였다. 취준생 주제에 어딜 간단 말인가. 일주일에 한 번
만나는 데이트 비용마저도 눈치 보이는데. 그래도 나는
윤이 우리 언제 한번 가자고 빈말이라도 해주길 바랐다.
언제나 바람과 현실은 다른 법이었다.

*

만날 시간을 훌쩍 넘기고도 윤은 오지 않았고 메시지
도 읽지 않았다. 리필한 커피도 바닥이 보였다. 이제라도
노트북을 꺼내서 뭐라도 해야 하나 생각하는데, 윤에게
서 전화가 왔다. 카페를 나가자 윤이 한 손에 커피를 든
채 걸어오고 있었다.

"어디 갔다 와?"

"아, 나 퇴근하는데, 대리님이 잠깐 뭐 좀 도와 달라 하

서서. 많이 기다렸어?"

윤은 다정하게 물었다. 윤은 항상 다정한 사람이었다. 나는 고개를 가로저었다. 윤이 차가운 손으로 내 손을 잡았다.

"밥은 뭐 먹을까?"

윤이 이렇게 나의 손을 잡고 다정하게 물어볼 때가 일상에서 유일하게 숨통이 트이는 순간이었다. 윤의 손은 길을 잃은 나를 어디로든지 데려다줄 것만 같이 크고 듬직했다. 우리는 가까운 곳에서 일본 라면을 먹기로 하고 함께 길을 걸었다. 축 처져 있던 기분이 살아났다. 윤만 있다면 그래도 살 만하단 생각이 들었다.

"토요일 영화 예매했어? 그거 개봉하자마자 보고 싶은데."

나의 질문에 윤은 잠시 뜸을 들였다.

"나 주말에 가족 여행 다녀올 거 같아."

"여행? 그런 말 없었잖아. 어디로 가는데?"

"…일본."

순간 나의 표정이 일그러졌고 윤은 바로 눈을 내리깔았다.

"일본?"

나의 되물음에 윤은 말없이 빨대로 커피만 휘저었다.

"아버지도 곧 은퇴하시고, 가족 여행은 가본 적이 없으니까. 시간도 없고 가까운 데로 가자고 해서, 네가 일본이 요즘 싸다고 한 게 생각나더라고…….."

"네가 가자고 한 거야?"

윤은 또 말이 없었다.

"…너도 같이 갈래?"

"내가 거길 왜 가."

"아니, 우리 뭐 결혼도 할 거고, 너도 일본 가고 싶어 했으니까…….."

나는 대답 대신 긴 한숨을 내쉬었다. 윤 역시 애초에 대답을 기다렸던 건 아니었다. 실망했지만 딱히 실망해야 할 이유를 찾지 못했다. 나는 아직 그의 가족이 아니었고, 무엇보다도 가족이 우선되는 건 어쩔 수 없는 거니까. 나는 크게 숨을 들이쉬고 말했다. 별달리 할 말이 없었다.

"알겠어. 잘 다녀와."

들이쉰 숨으로 들어온 밤바람에 목이 간질간질했다.

윤은 나의 눈치를 보며 덧붙였다.

"너도 부모님 모시고 어디라도 다녀와. 아니면 다음에 같이 가자."

윤이 마지막 말만 하지 않았더라도 덜 비참했을 것이라 생각했다. 윤의 다정함은 때때로 나를 너무 비참하게 만들었다.

*

내게 삶이란 사랑받는 법을 알아가는 과정이었다. 어렸을 때는 부모님에게로부터, 그 이후로는 친구들, 더 컸을 때는 남자친구로부터. 충분한 사랑을 받지 못할 때는 어디서부터 무얼 잘못했는지 몇 번이고 곱씹곤 했다. 그렇지만 늘 정답을 찾을 수 없었다.

애초에, 왜 사랑을 받아야 하는 것일까. 그런 의문이 들던 순간, 나는 대부분의 것들을 그만두었다. 적당한 관계, 내가 너의 친구로서 여기에 있고, 너는 나의 친구로서 거기에 있는 그 거리를 유지했다. 남들이 내게 피해를 주지 않는지 주시했으며 나 역시도 남들에게 피해 주지 않기 위해 노력했다.

그런 삶이 가끔 불행했으나 상대와 내 모든 것을 공유한다는 것은 불가능했고, 모든 우울을 함께 나눈다는 것은 더 지옥이었다. 나는 상대의 우울을 책임지고 싶지 않았다. 때로 외로움이 찾아왔으나, 온 생을 눈치 보며 사는 것보다야 훨씬 견딜 만했다.

그렇지만 견딜 만한 삶이 그 정도로만 찾아올 것이라는 기대는 너무나도 안일했다. 완전한 타인과의 거리는 조절할 수 있었지만, 나와 타인의 사이에 부모라는 모호한 존재가 있었다. 그들은 나를 자신의 몸의 일부처럼 사랑했고, 나의 고통에 자신의 팔다리가 잘려나간 것 마냥 아파했다. 문제는 내가 그들의 몸의 일부가 아니라는 점에 있었다.

"너 밤새 기침하더니만. 이거 마셔야 좀 나아지지."

"아니, 됐다니까……."

컴퓨터를 하고 있는 내 앞에 엄마는 끝끝내 꿀물을 놓고 돌아섰다. 나는 짜증의 몇 마디가 목구멍까지 차올랐지만 꿀물을 마시지 않는 것으로 의사를 표현하기로 한다.

모든 사랑이 선이라는 것은 잘못된 생각이다. 어떠한 사랑은 상대의 목을 조이고, 어떠한 사랑은 스스로를 갉아먹는다. 그러나 사랑은 선물 받은 책과 같아서 억지로 읽어내야 하는 괴로움에도 호의에 대한 기쁨을 짜내어 보여주어야 한다. 결국 엄마가 타준 꿀물을 한 모금 먹는 것으로 나는 엄마의 사랑에 죄 짓지 않기로 한다.

모니터 앞에서 서류심사 결과를 확인했다. 또, 떨어졌다. 서류심사에서 떨어질 때마다 나는 내가 넘을 수 없는 한계를 느꼈다. 이미 완성된 내가 거절당하는 느낌은 때로는 존재를 밑바닥부터 흔들었다. 과연 나는 쓸모가 있는가.

나는 다시 구직사이트에 접속한다. 버젓한 4년제 대학교를 나와서도 세상에 내가 할 일은 없다. 전공 교수님이 지성의 상아탑인 대학교가 취직을 위한 곳이 되어서야 되겠냐고 열 올릴 때부터 알아봤어야 했다. 적어도 취직을 보장해주는 것이 대학교의 몫이었다는 것을 열정만 넘치던 대학생의 나는 알지 못했다.

그렇게 졸업을 하고, 나의 대학교 졸업장은 어떤 취직의 보증도 되지 않았다. 그렇다고 머리에 뭐가 남은 것 같지도 않았다. 학창시절 내내 술 퍼먹고 놀지 않아도 다 이렇게 될 운명이었다면 미친 듯이 노는 게 더 나았을 지도 몰랐다. 지성도, 취직도 아무것도 잡지 못 한 나 같은 백수가 몇 십만이라는 사실은 조금도 위로가 되지 않았다. 중요한 것은 어쨌든 그게 나라는 것이었다.

"그런데, 네 아빠 말이다."

엄마의 불행은 항상 이렇게 시작되었다. 빨래를 들고 다시 나타난 엄마는 꿀물을 한번 보고는 말을 시작했다. 엄마는 빨래를 옷장 속에 천천히 집어넣었다. 모래시계의 모래처럼 빨래가 천천히 옷장 속으로 떨어졌다.

"아무래도 또, 여자가 생긴 것 같다."

엄마는 담담한 목소리로 말을 이었다. 나 역시 어떠한 마음의 파동이 일지 않았다. 일상처럼 지겨운 불륜이었다. 이제는 어떠한 도덕적 판단도 마비된 것 같았다. 불륜은 아빠가 가진 하나의 속성처럼 느껴졌다.

"왜?"

나는 기계적으로 물었다. 나의 시선은 모니터에, 엄마의 시선은 빨래에 박혀서 떨어질 줄 몰랐다. 엄마는 얼마 전에 아빠의 단골 식당 아줌마가 아빠가 매일 어떤 여자랑 커피를 마시러 다닌다고 비밀스레 귀띔해줬다고 했다.

"어쩐지 커피라고는 맥심밖에 모르던 양반이 아메리카노 마신다고 자랑할 때 알아봤어."

엄마는 빨래를 다 집어넣고는 침대에 걸터앉았다. 나 역시 모니터에서 시선을 뗄 수밖에 없었다.

"그래서? 어떡하려고?"

"어떡해야 할까?"

"그걸 내가 어떻게 알아. 이혼하라고 해도 안 할 거잖아."

엄마는 나를 빤히 쳐다만 볼 뿐 대답하지 않았다. 나도 알고 있었다. 엄마가 이혼하지 않는 이유는 나의 결혼 때문이라는 것을. 엄마는 늘 내가 결혼할 때까지만 참고 살 거라고 말했다. 엄마가 겪는 이 모든 불행은 나 때문에 이어지고 있는 것이었다. 나는 엄마의 불행에 책임이 있었다. 그런 내가 남의 일처럼 얘기하는 것이 엄마는 못내 속상했을 것이다. 그런데, 정말 남의 일인걸.

"하여간, 요즘 가슴이 꽉, 막힌 듯이 답답해."

"스트레스 받지 말아. 자꾸 그런 생각 하니까 그런 거

아냐."

나는 괜히 꿀물을 한 모금 더 마시고는 짐짓 걱정하는 말투로 말했다.

"꿀물은 먹을 만해? 감기 심하면 약 먹고."

"괜찮아, 알아서 할게."

엄마는 내 건강으로 말머리를 돌렸고 나는 이어질 잔소리를 미연에 차단하기 위해 다시 말을 돌렸다.

"엄마, 우리 여행이나 갈까?"

갑작스레 가족과 여행을 간다던 윤이 떠올랐다.

"여행? 좋지. 왜, 여행 가고 싶어?"

"아니, 그냥, 요즘 특가상품도 많고 해서……."

"어디 가고 싶은데?"

조금 전 불행 따위는 없었던 것 마냥 엄마가 눈을 빛냈다.

"글쎄, 어디든 좋지. 뭐, 태국 그런데?"

"나는 캐나다 가고 싶던데, 티비에서 보니까 그림 같더라."

엄마는 항상 맘에 품고 있었던 말인 양 술술 내뱉었다. 캐나다, 좀 비쌀 텐데, 말이 목구멍까지 올라왔다가 내려갔다. 태국을 가든, 일본을 가든, 캐나다를 가든, 나는 돈을 보탤 형편이 안 되었다. 또 이 여행마저 엄마를 위하는 척, 엄마에게 기생하는 것일 뿐이었다.

"딸, 생각해보고 말해줘. 엄마도 알아볼게."

엄마는 방긋 웃었지만 나가는 엄마의 뒷모습은 여전히 슬퍼 보였다. 나는 엄마와 아빠 사이에 더 이상 끼어들고 싶지 않았다. 내가 해결할 수도 없는 문제에 자꾸만 끌어들여지는 것이 싫었다. 아빠가 내게 아무리 다정해도 나는 엄마의 시선으로 아빠를 바라봤다. 그것이 나의 또 하나의 고통이었다. 엄마의 하소연은 내게 분노가 되었다가 연민이 되었다가 다시 응어리로 남는다. 더 이상은 한계야, 하고 생각할 즘 엄마는 또 자신의 불행을 털어놓는다. 엄마는 자신의 불행을 내게 덜지 않고서는 못 견디는 것이다.

어쩌면 나보다 엄마가 한계일지도 몰랐다. 엄마의 불행은 차곡차곡 쌓여왔다. 그 불행이 터져나갈 물꼬를 내가 온몸으로 막고 있었다. 나만 없었더라면 엄마는 이 불행에서 벗어났을 것이다. 이 불행에 책임이 있는 만큼 나는 엄마의 불행을 나눠 가져야 했다. 그러나 오늘처럼 가끔 나는 엄마의 불행을 외면한다. 나도 사는 게 너무 힘들어, 하고 불평하지 못하니까.

모니터에는 여전히 내 이름이 명단에 없다는 사과문이 떠 있었다. 구직사이트를 숨긴다는 게 면접탈락공지로 넘어가 버렸나 보다. 아마 엄마도 이 창을 봤을지도 모른다. 대체 다들 어떻게 취직하는 걸까. 나는 인터넷 창을 닫았다. 아무 의욕이 생기지 않았다. 학생을 벗어났는데, 어디에도 다시 속할 수 없었다. 나는 언제나 불행 덩어리고, 남의 불행까지 멱살을 쥐고 끌고 오고 있다. 내가 있어야 할 자리는 어디에도 없다. 나는 남은 꿀물을 한 번에 들이킨다. 엄마에게라도 사랑받아야겠다. 불행을 알지 못하던 나의 어린 자아가 꿈틀댔다.

다시 자소서를 쓰려 했지만 더 이상 나를 소개할 말이 없었다. 복사, 붙여넣기도 한계였고, 그렇다고 "저는 불행의 씨앗입니다"라고 쓸 수도 없었다. 단연코 할 수 있는 말은 "당신들이 찾는 인재가 나는 확실히 아닐 겁니다." 뿐이었다. 빈 커서는 깜빡깜빡 재촉했다.

아빠는 새 여자가 생겼다. 아빠에게는 아메리카노를 마실 수 있는 능력이 생겼다. 엄마는 스트레스가 생기고,

가슴 답답함이 생겼다. 나는, 아무것도 생기지 않았다. 나의 모든 세포는 활동을 멈췄는지도 모른다. 나는 나에 대해 생각할 수 없었다. 생각은 자꾸만 뻗어 나가고 뻗어 나가서 아빠의 새 여자에게 닿았다. 담담했던 마음이 울렁였다. 엄마의 스트레스를 어쩌면 증식해서 가져올 수 있겠다는 생각이 들었다. 한마음이 되면, 엄마가 좀 편해지려나. 자소서를 쓰고 나면 엄마 방에 가서 이야기해야지. 아빠는 정말 못됐다고.

*

일본여행을 간 윤은 매일 수십 개의 사진을 보내왔다. 주로 폭신한 팬케이크, 기름이 둥둥 떠 있는 라면, 팔랑이는 가다랑어포가 올려진 타코야키 등 윤이 여행지에서 먹은 음식들이었다. 본토의 맛이 어떻고 육수의 진하기가 어떻고 모든 사진마다 윤이 설명을 덧붙였다. 한참 음식에 관해 설명하던 윤은 꼭 마지막엔 '너도 좋아하겠다'며 머쓱하게 이야기를 마무리 지었다.

즐겁고 불편한 윤의 마음과는 달리 나는 사진을 봐도

아무런 맘이 들지 않았다. 군침 도는 음식 사진은 이미 여러 경로로 많이 접해왔다. 음식보다 음식 사진이 넘쳐나는 시대였다. 윤이 보내는 사진들도 그렇게 SNS에서 보던 것과 다르지 않았다. 나는 윤이 보내온 사진을 엄지손가락으로 주르륵 밀어 넘기다가 한 사진에 머물렀다. 신사의 처마 밑으로 늘어진 굵은 밧줄을 흔드는 윤의 엄마의 사진.

  - 저 밧줄은 뭐야?

  - 저기 위에 종이 달려있는데, 밧줄로 흔들고 소원을 비는 거야.

  - 너도 했어?

  윤은 다시 걸음을 옮기기 시작했는지 대화창 옆의 1이 사라지지 않았다. 나는 핸드폰을 내려놓았다. 윤의 엄마의 소원은 무엇이었을까. 잘 자란 아들이 괜찮은 직장에 취직했고, 취직 턱이라며 여행도 모시고 갔다. 내 엄마가 소원으로 빌법한 것은 다 이루었는데 아직도 윤의 엄마에겐 소원을 빌 기회가 있었다.

  나는 윤의 엄마의 인생은 윤과 별개임을 알면서도 나는 그들을 나와 나의 엄마처럼 보았다. 윤의 성공은 윤의 엄마의 모든 생이 아니었고, 나의 실패도 나의 엄마가 가질 수 있는 모든 것이 아니었다. 그러나 나는 나의 실패가 엄마의 실패라고 느꼈다. 아는 것과 느끼는 것은 너무나도 멀리에 있었고, 다독여줄 윤도 지금은 곁에 없었다. 멀리 있는 윤, 나와 닿지 않는 곳에 있는 윤이라. 3년여의 연애 중에 윤이 이렇게 멀리 떠난 적은 처음이었다. 윤은 늘 여행이 싫다고 말했다. 그런 윤을 저 바다 건너까지 가게 한 힘은 무엇일까.

사람은 변한다. 주어진 상황에 따라 구겨지고 솟아난다. 윤은 신입사원이라는 직위로 솟아났다. 그는 한 단계 위의 세계를 볼 수 있었고, 이제는 내려다보아야만 나를 볼 수 있었다. 윤이 평소에 나에게 주는 조언과 충고는 당연한 건지도 몰랐다.

오히려 내가 나를 봐주려고 노력하고 있는 윤에게 감사해야 했다. 계속 내가 여기에 머물러있다면, 어느샌가 윤이 허리를 구부려도 내가 보이지 않게 될 것이다. 그러면 처음부터 같은 바닥을 밟아본 적 없었던 것처럼 되어버린다. 애초에 다른 세계에서 태어난 사람 같은 거 말이다.

내게 다른 세계에서 태어난 사람이란 건 사라같은 사
람들이었다. 지연이라는 나의 이름과는 달리 사라는 외
국 동화에서 나올 것 같은 이름이었다. 사라는 매일 자라
면서 사라, 사라하고 불렸고, 정말 불리운 대로 외국의 사
라처럼 자랐다. 사라는 대학교에 들어가자마자 어학연수
를 다녀오고, 바에서 외국인 남자친구를 만나 사귀었다.

사라는 항상 갈매기처럼 각이 지게 눈썹을 그렸고, 핫
핑크로 입술을 가득 채웠다. 성인이 된 둘을 놓고 보면 우
리가 초등학교 때까지만 해도 함께 코 흘리며 롤러스케
이트를 타고 동네를 누볐다는 것을 누구도 짐작지 못할
것이다.

사라와 특별히 멀어진 이유는 없었다. 애초에 다른 바
닥에 있는 사람이었고, 잠시 서로가 보이던 지점을 함께
나누던 것뿐이었다. 분명 이대로라면 윤도 그렇게 될 것
이다. 나는 자존심 속에 숨을 것이고, 윤은 연민과 의무
감에서 벗어나기 위해 고개를 들 것이다.

그러면 우리는 애초에 존재하지 않았던 것처럼 완전
한 타인의 삶을 살게 된다. 그러나 그 사실은 아직은 그
렇게 충격적이지 않았다. 여전히 윤에게서 사진이 도착

하고 있었고, 나는 언제든 윤에게 답장할 수 있었다.

다시 울리기 시작한 핸드폰을 주머니에 넣고 외출할 준비를 했다. 윤이 없어도, 윤이 여행을 떠났어도 나의 삶은 계속되어야만 했다. 나는 노트북을 가방에 넣고 집을 나섰다. 꿀꿀한 기분에는 단 걸 먹어줘야 했다. 나는 휘핑이 가득 올라간 카라멜 마끼아또를 떠올렸다. 겨울 치고는 해가 따뜻했고, 온몸으로 해를 맞으니 소독되는 것처럼 몸이 간질간질했다.

그러나 내 인생의 작은 행복이란 언제나 불행의 서두였다. 온몸으로 떨어지던 해가 나에게 주어진 경고등이었다는 것을 카페에서 황급히 나오는 아빠를 보고 깨달았다. 아빠는 한 여자를 따라가고 있었다. 여자는 화가 난 듯 큰 보폭으로 성큼성큼 걸었고, 아빠는 그 여자의 팔을 향해 손을 뻗으며 허리를 숙인 채 여자의 뒤를 따라갔다. 아빠의 숙어진 허리가 낯설었다.

나는 홀린 듯 둘의 뒤를 밟았다. 심증이 아닌 확실한 증거가 필요했다. 사람이 좀 드문 골목에 다다라서야 여자는 걸음을 멈췄다. 여자는 새초롬한 표정으로 아빠를 돌아보았다. 여자는 아빠보다도 나이가 많아 보였다.

당신이 오해한 거야.

아빠가 그 여자를 향해 말했다. 아빠가 두 손으로 여자의 두 팔을 붙잡았다. 핸드폰 카메라를 아빠와 여자를 향해 맞췄지만 이내 다시 핸드폰을 집어넣었다. 이 장면을 기록해버리면 더 이상 변하지 않는 사실이 될 것만 같았다. 나는 이 사진을 엄마에게 보여줄 수도, 아빠의 코앞에 들이밀 수도 없었다. 나는 다시 방관자가 되기로 했다.

이건 엄마와 아빠의 문제였다. 나는 아빠가 그 여자를 끌어안기 전에 골목을 빠져나왔다. 아빠가 아메리카노를 배우게 된 곳이 그 카페였을까. 아빠는 나와 같은 커피를 마시며 이렇게 가까운 곳에서 새 생활을 즐기고 있었다.

집으로 돌아가는 길에 윤에게서 전화가 왔다. 누구도 만나고 싶지 않으면서도 누구에게라도 하소연하고 싶었다. 통화버튼을 누르자 신이 난 윤의 목소리가 들렸다. 윤은 나의 안부를 묻기도 전에 자신의 여행이 얼마나 멋있었는지 떠들어댔다. 윤의 목소리 뒤로 다음 비행을 알리는 방송이 희미하게 들렸다.

"다음엔 같이 일본에 가자."

윤의 말이 공허하게 울렸다. 얼마나 많은 말들이 뱉기도 전에 사라지는 걸까. 윤의 밝은 목소리를 듣자, 하고 싶던 말들이 모래성 무너지듯 사라졌다. 윤은 내가 대답이 없자 다시 한번 일본에 같이 가자고 졸랐다. 나는 그러자고 대답하면서도 윤처럼 직장을 가지고, 일본에 가는 자신의 모습을 상상할 수 없었다.

"나 이따 밤에 도착하는데, 밤에 보자!"

"밤이 언젠데?"

"글쎄, 내가 도착하면 연락할게!"

"내가 뭐 너만 기다리면서 시간 비워놓은 줄 알아?"

나도 모르게 말이 날카롭게 나갔다. 퇴근이 있고, 휴가가 있는 건 윤의 삶이었다. 나의 삶엔 퇴근도, 휴가도 없었다. 매일이, 매시간이 취준의 시간이었다. 그러나 윤은 곧잘 나의 일정을 무한히 유동적으로 여겼다.

"그런 게 아니라. 한 열시? 열한 시?"

"하, 됐어. 쉬고 그냥 내일 봐."

윤의 여유로움에 배알이 꼴렸다. 윤은 일부러 자신의 여유로움을 전시하는 거다. 그런 생각이 들어 윤의 말도 듣지 않은 채 전화를 끊었다. 전화를 끊자마자 나는 자신의 한심함에 목까지 벌겋게 달아올랐다.

집에 들어서자 엄마가 저녁을 준비 중이었다.

"딱 맞춰서 왔네."

엄마가 즐겁게 말했다. 나는 아무 말 없이 앉아 밥을 먹었다. 밥을 먹고 설거지를 하는 엄마의 등을 바라보았다. '뭐 더 줄까?'하고 묻는 엄마를 향해 고개를 저었다. 설거지를 마친 엄마를 따라 엄마의 방에 들어가자 엄마는 할 말이 있냐고 물었다.

"나 아빠가 여자랑 있는 거 봤어."

담담하게 말할 수 있을 거라 생각했는데, 말하는 순간 목구멍에 무언가 울컥 올라왔다. 나는 가래처럼 엉킨 말들을 억지로 뱉었다.

"예뻤니?"

짧은 정적 후 엄마가 물었다. 예쁘고 예쁘지 않고가 무슨 소용이란 말인가. 나는 그 여자가 아빠보다도 나이가 많아 보였다고 이르고 싶은 마음을 누르며 아무 대답도 하지 않았다. 틀어진 텔레비전에서 의미 없이 드라마가 흘러가고, 엄마와 나는 서로의 머리채를 잡고 싸우는 여자배우들을 말없이 응시했다.

술에 거나하게 취한 아빠는 밤이 한창이 되어서야 귀가
했다.

"지연 엄마!"

아빠는 집에 들어서자마자 엄마를 부르며 식탁에 앉았
다. 아무리 밖에서 술을 먹어도 집에 와서 꼭 엄마가 차려
주는 밥을 먹는 게 아빠의 습관이었다. 엄마는 아무 말 없
이 자리에서 일어나 부엌으로 갔다. 나는 접시 깨지는 소리
라도 날까 귀를 기울였지만, 부엌에서는 냉장고 문을 여닫
는 소리와 그릇과 수저가 부딪치는 소리만 들렸다. 아빠의
수저 소리에 당신과 지연 엄마 사이에 간극이 생겨났다.

얼마 안 되어 아빠의 코 고는 소리와 함께 그릇들이 싱크
대에 쏟아지는 소리가 들렸다. 엄마가 아무 말 없이 방으로
돌아왔다. 엄마의 담담한 표정을 보니 나는 되려 부아가 치
밀었다. 식탁을 엎지 못할 거라면, 밥상이라도 안 차려줘야
하는 게 아니냐는 말이 목 아래에서 부글부글 끓어올랐다.
엄마가 어쩔 수 없다는 듯 힘없이 웃자 끓어오르던 말들이
단단하게 응어리져 뭉쳤다.

"그럴 거면 나한테 말을 꺼내지 마. 사람 신경 쓰여서 아
무것도 못 하게."

엄마는 화를 꾹꾹 누르며 말하는 나를 안쓰럽게 바라보 았다.

"딸이 나 때문에 아무것도 못 했구나. 미안해."

엄마의 말은 마음속 깊은 곳으로 박혀 들어갔다. 지금 안쓰러운 사람은 내가 아니었다. 지금의 불행은 엄마의 불행이었고, 나는 그 불행을 함께 덜어주려고 했던 것뿐이었다. 엄마는 이 모든 불행의 주인공이 나인 마냥 바라보고 있었다. 왜 항상 불행은 나의 몫이어야 하나. 나는 억울했고, 화가 났고, 불행했다. 홧김에 뱉은 말이 자꾸 입안에서 가시처럼 돌아났다.

나는 엄마에게서 마지막 남은 대화상대까지 앗아갔다. 엄마는 이제 자신의 불행을 나와 나누려 하지 않을 것이다. 엄마는 자신의 인생 위에 나를 올려다 줬는데 나는 엄마의 인생을 밟고 자꾸만 밑으로 꺼지고 있다.

내가 돈만 있었어도, 내가 힘만 있었어도 나는 엄마를 탈출시킬 수 있었을까? 엄마에게 엄마의 인생을 돌려줄 수 있었을까? 엄마, 내가… 엄마, 내가… 나의 가정은 끝없이 이어지고 언어가 되기도 전에 흩어졌다. 아무 대답도 못 하고 자리에서 일어서자 엄마의 목소리가 등을 어루만지듯 내게 닿았다.

"우리 여행 다음 달에 갈까?"

엄마가 일본 신사 처마에 달린 종을 흔드는 모습이 눈앞에 그려졌다. 나는 알아보겠다고 작게 대답하고는 방을 나왔다.

나는 방으로 돌아와 다시 노트북 앞에 앉았다. 어떤 괴로움에도 삶은 계속되어야 했다. 나의 삶은 취준의 생(生)이었고, 어떤 맘의 괴로움에도 오늘치의 자소서는 써내야만 했다. 노트북이 켜지는 중에 핸드폰이 울렸다. 윤이었다. 윤은 집 앞에 와있었다. 패딩 하나를 대충 걸쳐 입고 서둘러 집을 나왔다. 따뜻했던 낮과는 달리 밤공기는 꽤 차가웠다. 찬 공기 속에 얼마나 머물렀는지 윤의 볼이 빨갰다. 다가가 윤의 볼을 손바닥으로 감쌌다. 윤이 희미하게 웃었다.

"나 기다린다고 아무것도 못 했지? 미안해."

윤은 오랫동안 묵혀왔던 말처럼 묵직하게 사과를 건넸다. 항상 이런 식이었다. 불행에 발버둥 칠수록 윤과 엄마에게 생채기만 남겼다. 윤에게 사실은 내가 미안하다고, 오늘 어떤 일이 있었는지 아느냐고 윤의 손을 붙잡고 밤새 이야기하고 싶었다. 내가 입을 떼기도 전에 윤이 내민 따뜻한 커피가 손에 닿았다.

나는 이 시궁창이 얼마나 시궁창인가밖에 설명할 수 없는

데 윤은 이 엉망진창의 세계에 살고 있는 나에게 자꾸만 구원의 손길을 내민다. 나의 불행을 함께 짊어져 줄 것 같은 눈빛으로, 정말 자신이 다 미안한 것 같은 얼굴로. 그런데 나는 그 구원이 주어질수록 점점 더 망가지는 기분이 든다.

나의 정수리에서 윤의 시선이 느껴졌다. 나는 윤에게 눈길을 옮길 수 없었다. 윤이 더 높은 단계로 갈 수 있게, 더 이상 허리를 숙여 나를 보지 않아도 되도록 보내줘야 했다. 나는 자꾸만 침 대신 삼키던 말들을 뱉기 위해 입을 열었다. 하얀 숨이 흩어졌다.

"어?"

윤이 놀라는 소리에 나는 또다시 말을 삼켰다. 윤이 내민 손바닥 위에 작은 눈송이가 떨어졌다가 금방 녹았다. 이른 첫눈이었다.

닫음말

곧 봄이다.

엄마의 안부를 물어보는 인사에 마음에 큰 파장이 일었다. 엄마를 생각할 때면 그냥 죽어버리고 싶을 때가 많다.

산책을 나오고 날씨를 즐기고 이 쓸모 없는 인생이 그래도 다른 쓸모를 느낄 수 있음을 실감하면서, 무의미한 일상들의 반복만이 내 삶을 이루는 것이 아님을 인지하면서, 팔다리 곳 곳에 전해지는 근육통으로 마음의 괴로움을 상쇄하면서, 그리 고 갇혀있는 곳에서부터 육체적인 탈출을 하면서, 육체의 자 유로 정신의 속박을 완고히 하면서, 벗어날 수 없는 패배감에 짙게 수긍함으로써, 나오지 않는 활자를 나와 있는 활자로 대체하면서, 끝없는 도돌이표에 맞물리면서, 고작 나는 나밖에 될 수 없음을 인정하면서, 소설 코너를 지나 시집을 집어들고 에세이집을 샀다. 사랑하는 것들을 외면하는 능력만이 내 나이만큼 익어가고 있다

*

말랑한 슬픔은 좋아하는 친구가 입술에 반토막난 젤리를 붙이는 장면으로부터 시작했다. 그런 말랑하고 달콤했던 기억들은 돌아보면 어느새 슬픔에 물들어있곤 했다.

지난 책에서는 단단히 굳어버린 슬픔들을 내어놓았다. 부서질 도리밖에 없던 그 슬픔들은 그때의 나에게 변치 않는 순간들이었기 때문이었을 지도 모르겠다.

젤리를 붙인 친구를 떠올리며 조금 더 말랑한 순간들을 생각하게 되었다. 굳어진 채로 나를 내리누르는 슬픔이 아닌 생을 조금 더 말랑하게 만들어줄 슬픔들에 대해서 말이다. 너무 절망적이지만은 않은 순간들, 말랑하게 남겨둘 수 있는 그런 슬픔들.

이전과 달리 이번에는 다른 사람들의 입을 빌려 그런 말랑한 순간들을 나누고자 했다.

나의 말랑한 삶을 가능케 한 김동철, 이영이님께 감사하다. 앞으로도 계속 보답하며 살 수 있길 바란다. 곁을 지켜준 김나경과 고견을 나누어준 배기들, 이야기에 물질성을 부여해준 박수철, 김유은에게도 지면으로나마 감사의 인사를 전해 본다.

이 여정이 당신에게도 말랑한 위안이 되길 바랍니다.

말랑한 슬픔

1판 1쇄 펴냄 2024. 2. 24

지은이 김정인
표지 디자인 박수철
표지 일러스트 점선면
삽화 일러스트 김파카
제작 투자 김동철
펴낸 곳 디어나잇

문의 dear_night@naver.com
홈페이지 instagram.com/_dear_night_
가격 14000원

© 김정인, 2024
ISBN 979-11-967571-1-3